Traumfänger unterwegs

AF285974

Günter Bosien

Traumfänger unterwegs

ins Netz gegangene Impressionen

Ich widme dieses Buch
meiner Frau und
unseren Kindern.

Bibliografische Information der Deutschen Nationalbibliothek
Die Deutsche Nationalbibliothek verzeichnet diese Publikation
in der Deutschen Nationalbibliografie; detaillierte bibliografische
Daten sind im Internet über http://dnb.d-nb.de abrufbar.

© 2011 Günter Bosien
Titelbild: Celso Martínez Naves – Freiburg (Brsg.)
„A35 morgens", 2009, Öl auf Leinwand, 105 x 120 cm
(Ausschnitt)
Illustrationen: Petra Hagedorn, Hamburg

Umschlagdesign, Satz, Herstellung und Verlag:
Books on Demand GmbH, Norderstedt

ISBN 978-3-8423-0478-9

Inhaltsverzeichnis

An meine Leser 11

Mamma mia 13

Überraschungen am laufenden Band 22

Womo am Haken 35

Es bleiben die Träume 40

„Zwei Euro bitte!" 47

Heino, der Kopflose 54

Im ewigen Eis 63

Bei Sofia unterm Wasserhahn 71

Die Irren haben Vorfahrt 80

Siamo in due 88

Schiffshebewerk 96

Der betrogene Betrüger 102

Das war nicht vorgesehen 108

Für den Urlaub gibt es zwei
erfolgversprechende Rezepte:
Er muß ganz anders sein als sonst –
oder er muß genauso sein wie immer.

Heinz Rühmann

An meine Leser

Sie halten jetzt mein zweites Buch mit Reiseerlebnissen in den Händen. Das erste verdanken Sie gewissermaßen meinen Oberstufenschülern. Als sich nämlich herumsprach, ich würde aus dem Schuldienst ausscheiden, bearbeiteten sie mich, doch endlich die schönen Reisegeschichten mit dem Wohnmobil aufzuschreiben. Das Reisen mit dem Wohnmobil interessierte sie dabei weniger, wohl aber meine Erlebnisse und Begegnungen mit Menschen. Nach den Ferien, gleich zu Schulanfang war es Ritus, mit meinen Urlaubsgeschichten erst einmal für etwas Auflockerung vor dem Wiedereintritt in den oftmals grauen Schulalltag zu sorgen.

Das zweite Buch wiederum wäre ohne die Leser des ersten kaum zustande gekommen. Ihnen schienen die Geschichten zu gefallen, denn sie regten ein Folgebuch an. Stoff dafür hatte ich, schließlich sind wir seit 1976 mit dem Womo, dem Wohnmobil, in Deutschland und dem europäischen Ausland unterwegs.

Wer in den Urlaub oder die Ferien geht, möchte sich etwas Schönes gönnen und nach Möglichkeit seine Urlaubsträume verwirklichen. War der Urlaub wie erhofft, verkündet man als Rückkehrer den Freunden zu Hause nicht umsonst, er sei einfach „traumhaft schön" gewesen. Auch wir, das heißt meine Familie und ich, waren in den Ferien hinter unseren Träumen her. Nicht alles ist so gekommen wie gedacht. Immerhin, etliche Träume konnten wir einfangen, einige sind schon vorher zerplatzt, andere sind uns durchs Netz gegangen. Beeindruckend war das Erlebte aber eigentlich immer.

Mit meinen Geschichten möchte ich Sie unterhalten, vielleicht ein Schmunzeln oder ein Lächeln hervorzaubern. Es gibt jedoch auch nachdenkliche Passagen, so wie das Leben nun einmal viele Facetten hat.

Das Eine oder Andere an meinen Reiseerlebnissen wirkt manchmal nahezu unglaublich. Häufig ist allerdings gerade die Wahrheit das Unglaubliche. Die Namen der erwähnten Personen habe ich aus rechtlichen Gründen geändert. Der Schutz von Persönlichkeitsrechten hat mich zudem bewogen, einige wenige Details fortzulassen oder zu verfremden.

Ich wünsche Ihnen viel Spaß beim Lesen.

Mamma mia

Meine Frau und ich können auf über dreißig Jahre Wohnmobilerfahrung zurückblicken. Man sollte also meinen, wir wüssten über vieles recht gut Bescheid.

Überzeugt waren wir, nicht so leicht würde man uns mit der üblen Nummer beikommen können, die bis heute vor allem auf den Straßen im südlichen Ausland abgezogen wird. Viele sind bereits mit diesem Trick reingelegt worden, und viele werden wahrscheinlich noch auf ihn reinfallen: Beim Überholen zeigen zwei ausländische Männer wild gestikulierend auf irgendwas Schreckliches hinten am Fahrzeug der Deutschen, die meist sofort voller Angst in die Bremsen gehen, hastig aussteigen und ans Heck eilen.

Einer der Ausländer ist auch gleich zur Stelle, übergießt die Verdutzten und Erschrockenen mit einem Redeschwall, nimmt nahezu selbstlos die Begutachtung des vermeintlichen Defektes vor und bietet sogar Abhilfe an. Währenddessen geht ein Mitfahrer dieses liebenswürdigen Mannes vorne im unbesetzten Wohnmobil auf Diebestour. – Ja, über diese Masche waren wir unterrichtet und auch darüber, dass schon so manche Manipulation am Fahrzeug von solchem Gesindel geschwind und unauffällig vorher beim Tanken verübt wird, um bald darauf auf einen tatsächlichen und gefährlichen Schaden hinzuweisen, mit den oben geschilderten Folgen.

Natürlich verschließen wir beim Fahren in den einschlägigen Städten die Türen und Fenster. Blitzschneller Einbruch mit Diebstahl beim Stehen vor einer Ampel oder sonstwo soll uns nach Möglichkeit nicht passieren.

Meine Frau verfügt darüber hinaus über ein besseres Gespür für Betrugsabsichten als ich. Mehr als einmal sind uns spät abends im Süden Europas auf Rastplätzen edle Uhren oder hochwertige Kameras angeboten worden. Um nicht gesehen zu werden, sollten wir zur Abwicklung des Geschäftes in einen abseits gelegenen dunklen Winkel des Platzes fahren. In derartigen Situationen zieht meine Frau, bevor ich überhaupt zum Überlegen komme, sofort die Notbremse und verscheucht mit energischer und leicht erhobener Stimme die Anbieter der angepriesenen „günstigen Gelegenheiten".

Auch würden wir nie auf die Bitten um „Transportgefälligkeiten" mit unserem Womo eingehen. Schließlich hatten wir schon französische Drogenfahnder an unserem Wohnmobil, die uns vor einer Autobahn-Zahlstelle im Süden Frankreichs herauswinkten. Eine uniformierte Frau forderte uns kühl auf, Ausweise und Wagenpapiere aus dem Wagen zu reichen. Eingehend überprüfte sie die Dokumente und verglich nervtötend genau die Ausweisfotos mit unserem Aussehen. In fließendem Deutsch fragte sie, wo wir denn herkämen, wo wir hin wollten und ob wir in Spanien gewesen seien. Ein bewaffneter Zivilfahnder musterte uns ebenfalls kritisch, schaute intensiv durch Fenster und von mir zu öffnende Türen in das Wageninnere und legte sich obendrein kurz unter das

Auto. Ein weiteres Durchsuchen – vielleicht gar unter Einsatz eines Spürhundes – blieb uns erspart, wir durften weiterfahren. Worum es ging, erklärte uns die frostige Beamtin ohne Umschweife: Sie machten Jagd auf harmlos aussehende Drogenkuriere und deren Transporte.

Selbstverständlich ahnen Sie schon längst, dass wir trotz unserer Lebenserfahrung in die Machenschaften eines Kriminellen verwickelt wurden. Es war Hochsommer in Deutschland. In dem eigenen Land fühlt man sich naturgemäß sicherer und hegt nicht gleich Argwohn. Aber wie das so ist mit den Gefühlen, sie können trügen.

Zwei fabelhafte Wochen im schönen Naturschutzgebiet „Spreewald" lagen hinter uns. Erlebt hatten wir ein urwüchsiges Binnendelta, das mit seinen Wasserwegen je nach Berechnung auf sechshundert Kilometer oder sogar deutlich mehr kommt. Auf engstem Raum verzweigt sich ein Wasserwegenetz, absolut einmalig und ein Paddlerparadies dazu. Statt der Autos werden hier Kähne zum Transport größerer Gegenstände genommen. Die Kanäle beziehungsweise Fließe sind die Straßen und Verbindungswege. Völlig zu Recht erhielt der Spreewald mit seinem Wasserlabyrinth den Status eines UNESCO-Biosphärenreservates.

Unvergesslich bleiben uns die Bootsfahrten und die berühmten Spreewaldgurken in den verschiedenen leckeren Zubereitungsvariationen aus einer der bedeutenden Gemüsekammern Deutschlands. Wer sich hier aufhält, befindet sich in einem alten Siedlungsgebiet zweier kleiner slawischer Völker, der Sorben und Wenden, die ihre Muttersprache und ihr Brauchtum schon seit Jahrhunderten pflegen und schützen. Jeder Tourist fällt im Spreewald sofort über die Zweisprachigkeit der Orts- und Straßennamen, die selbst vor der Ausschilderung der verzweigten Wasserwege keinen Halt macht.

Hinter Berlin unterbrachen wir mittags auf einem Autohof unsere Rückreise. Zur Tankstelle gehörte ein Lkw-Parkplatz mit gigantischen Ausmaßen – und damals war er wirklich gähnend leer. Am Ende der Parkfläche stellten wir den Wagen in den kühlenden Schatten eines angrenzenden kleinen Wäldchens und öffneten Türen und Fenster, in der sommerlichen Hitze eine nachvollziehbare Maßnahme. Weit und breit war keine Menschenseele zu sehen.

Im Innern des Womos bereitete meine Frau eine kleine Mahlzeit zu. Ich stand am Fahrzeug und betrachtete die sonnenbeschienene Gegend. Über der schwarzen Asphaltfläche flimmerte die Luft, als unerwartet und wie aus dem Nichts ein dunkelblauer Fiat zielgenau mit hoher Geschwindigkeit auf uns draufhielt. Auf den letzten Metern der rasenden Fahrt rief mir jemand inständig „Papà, papà!" zu. Direkt neben der Aufbautür des Wohnmobils stoppte ein noch ziemlich junger Mann, sein Arm lehnte aus dem Wagenfenster. Dem Akzent und der Lebendigkeit nach musste er Italiener sein.

Er verhielt sich, als hätte er nach jahrzehntelanger verzweifelter Suche endlich seinen leiblichen Vater gefunden, und der sollte nun ausgerechnet ich sein. Eilig sortierte ich im Gedächtnis meine vorehelichen Verhältnisse, kam aber zu meiner Beruhigung und großen Erleichterung auf keine italienische Geliebte. Nie war in mein Leben eine hinreißende „Cara mia" getreten. Der junge Mann sah mich indes richtig liebevoll, wenn auch irgendwie verstört an, wiederholte sein flehentliches Rufen nach mir als seinem Vater und winkte mich mit hektischen Handbewegungen an sein Auto. Drinnen saß ein smarter junger Italiener in einem tadellosen dunklen Anzug. Die schiere Verzweifelung lag in seinem Gesicht: „Papà, papà, wie weit bis zum Lago di Garda, a Sirmione? Quanto chilometri?"

Noch wusste ich nicht, welche Probleme auf ihm lasteten und was ich damit zu schaffen hatte. Er kam aber aus dem Land, das ich so mochte und in dem ich selbst so viel Hilfsbereitschaft erfahren hatte. Natürlich wollte ich ihm helfen. Als ich meinen rudimentären italienischen Sprachschatz herausholte, schmolz er förmlich dahin und schmachtete mich um so mehr als seinen Papa an. Das Gespräch tat ihm gut, die Verzweiflung schien zu weichen.

Meine Frau wunderte sich über das italienische Lamento und Palaver, steckte ihren Kopf aus der Tür heraus und wurde sogleich mit einem lauten und herzlichen „Mamma, mamma" bedacht. Auch ihr zauberte der Italiener ein Lächeln auf die Gesichtszüge. Komischerweise hatten wir beide irgendwie das Gefühl, unser verloren geglaubter Sohn sei endlich heimgekehrt, und genau so benahm er sich.

Die ihm mitgeteilten Kilometer zum Gardasee bereiteten ihm keine große Freude, ganz im Gegenteil! Betrübt schaute er mich an, klopfte auf die Benzinuhr und erklärte mir traurig und beschämt zugleich, er habe keinen Sprit mehr. Und dann erzählte mein „Filius" eine abenteuerliche Geschichte, halb italienisch, halb deutsch: „Papà, ieri sera machen Modenschau in Berlin, Hotel Kempinski. Exhibitione, großer Erfolg, moda eccellenta, expensiva, du verstehst, capisci?" Aber natürlich verstand ich das. Der junge Mann war ein richtig Erfolgreicher, dazu passte auch sein teurer Anzug. Gestern Abend hatte er im Fünfsternehotel in Berlin eine exklusive Modenschau hingelegt. Zur Unterstützung seiner Aussagen hielt er mir Prospekte der nobelsten und feinsten Labels unter die Nase.

Er bedeutete mir, ganz nahe zu ihm ranzukommen und flüsterte: „Nix für mamma. Fare silenzio! Nicht mamma sagen. Nach Modenschau kleine festa, im Zimmer ficki, ficki, russe. Morgens aufwachen, kein Geld mehr, Flugtickets via, weg. Chef mir geben macchina, Auto, aber jetzt leer, niente benzina!" So eine Sauerei, der arme Kerl – reingelegt von Nutten!

„Will kein Geld, niente moneta, nix soldi! Für dich presente!" Von dem Rücksitz holte er mehrere in Folie eingeschweißte Lederjacken, taxierte meine Größe und reichte mir aus dem Wageninneren eine schwarze Lederjacke heraus: „Beste Qualität, Rest von gestern, molto caro, sehr teuer, Präsent für dich! Kein Geld! Anziehen!"

Von der Wohnmobiltür betrachtete meine Frau die ganze Angelegenheit zunehmend misstrauischer, brauchte allerdings nichts zu sagen, da mir die Jacke nun wirklich nicht gefiel. „Presente für dich, molto superiore. Du mir geben Geld für benzina, was du willst!", bettelte er heischend um Hilfe.

Urplötzlich setzte mein Verstand wieder ein. Die aufgetischte Geschichte stimmte hinten und vorne nicht. Wieso hatte sein Chef ihn zwar mit einem Auto versorgt, aber nicht mit Geld, wo doch sein ganzes Geld geklaut sein sollte? Und wie waren die Lederjackenpräsente als Reste von einer Modenschau einzuordnen? Unmissverständlich signalisierte ich ihm, nun sei es genug.

Auf Anhieb verstand er mich, zumal mein liebes Eheweib schon länger nicht mehr lächelte und sich zu fragen begann, was ihr Alter da eigentlich so trieb. Genauso schnell wie gekommen, entfleuchte der „Sohnemann" in seinem Fiat. Er legte einen gewaltigen Spurt hin, als ob der Leibhaftige hinter ihm und speziell seiner Seele her sei, dafür reichte offensichtlich sein Treibstoff. Der Spuk war vorüber.

Was hatten wir da eigentlich erlebt, und warum fuhr der Italiener plötzlich Knall auf Fall weg? Ein böser Gedanke schoss durch meinen Kopf: Hatte er uns die ganze Zeit nur hingehalten, damit ein Komplize das Wohnmobil durchfilzen konnte, während wir uns ihm, dem mittellosen Fiatfahrer, zuwendeten, und war der andere gerade fertig? Die Türen und Fenster vom Wohnmobil standen weit offen. Das Wäldchen bot für ein Anschleichen und Verschwinden die nahezu perfekte Deckung. Wie blöd waren wir eigentlich? Hinein ins Womo und hastig die Lage gecheckt. Und tatsächlich, das Portemonnaie mit der Scheckkarte war fort. Das konnte ja wohl nicht wahr sein, klassisch reingelegt! So was Dämliches! Selten habe ich so über mich selbst geflucht.

Doch wir hatten Glück. Wir fanden die Börse, und es war alles drin, auch die Scheckkarte. Ein ganz dicker und schwerer Stein fiel von unserem Herzen. Meine Frau hatte nach dem Tanken – aus welchen Gründen auch immer – das Portemonnaie an eine andere, sehr schlecht auffindbare Stelle verlegt. Es war also da und sonst fehlte auch nichts.

Februar des folgenden Jahres erfuhr ich aus der Zeitung, dass mein „Filius" den Heimweg immer noch nicht angetreten hatte und statt dessen weiterhin in Deutschland praktizierte. Auf dem Gelände einer Tankstelle in Winsen/Luhe „verschenkte" er nach derselben Masche einem Rentnerehepaar eine angeblich kostbare Lederjacke und wollte nur etwas Geld für den Heimweg nach Italien.

Da das Ehepaar ihm helfen und sich großzügig zeigen wollte, aber nicht genug Geld bei sich hatte, fuhr es mit ihm zum nächsten Geldautomaten und gab dem armen Jungen zweihundertfünfzig Euro, damit er auch wirklich gut nach Hause käme. Als Dank spendierte er gleich zwei weitere Lederjacken. Ich sehe sie alle vor mir, wie sie sich gerührt in die Arme fielen und immer wieder gegenseitig

„grazie, molto grazie" stammelten. Später merkten die beiden Rentner, dass die drei Jacken praktisch wertlos waren: Sie bestanden aus Polyester.

Schamlos hat dieses Bürschchen mit der Anteilnahme der beiden Rentner gespielt. Reingefallen sind sie auf sein beachtliches schauspielerisches Talent. So sehr viel fehlte nicht, und auch ich hätte mich zu seinen Opfern zählen dürfen. Wie gut, dass wir rechtzeitig die Kurve gekriegt hatten. Also: „nix mamma", „nix papà" und schon gar „nix presente"!

Überraschungen
am laufenden Band

Mein Freund Achim und ich lagen fluchend unter seinem VW-Transporter und versuchten, ein gerissenes Kupplungsseil zu flicken. Unsere Frauen saßen geduldig, aber in der Sommerhitze schwitzend auf Campingstühlen. Sie bauten auf uns und unsere Improvisationskünste. Der kümmerliche Halbschatten, den ein paar halb vertrocknete Bäumchen spendeten, hob nicht gerade ihre Urlaubsstimmung. Einsilbig hockten sie da und hofften. Bis zu einem staubigen und verdreckten Parkplatz an der jugoslawischen Küstenstraße hatten wir es gestern Nacht gerade noch geschafft.

Es gibt Zeiten, da läuft beinahe alles schief, und so eine Zeit hatten wir zu fassen. Dabei sah es anfangs überhaupt nicht danach aus. In Hochstimmung fuhren wir von Hamburg mit unseren Freunden Achim und Tine los. Achim und ich hatten das Referendariat als Handelslehrer hinter uns und sechs Wochen Sommerferien lagen vor uns. Was für eine Zeit sollte das werden! Wer hat schon so einen langen Urlaub wie wir!

Es war das Jahr 1977. Mit Achims umgebautem Transporter und unserem neuen Westfalia-Campingbus wollten wir durch das damalige sozialistische Jugoslawien nach Griechenland fahren. Von Griechenland und seinen freundlichen Menschen hatten wir schon so viel gehört, und auch, dass man dort eigentlich überall mit dem

Wohnmobil stehen könne, ganz besonders am Strand, selbst wenn es offiziell nicht erlaubt sei. Griechenland schien uns das Land der unbegrenzten Möglichkeiten und Urlaubsfreuden zu sein.

Achim hatte seinen VW-Bus günstig erworben, ein Schnäppchen, wie er gern betonte. Das eine und andere hatte er in Eigenregie repariert, schließlich war er handwerklich nicht gerade auf den Hinterkopf gefallen und wusste seine Hände zu gebrauchen. Der Bus machte nach Achims Reparaturen und Pflege einen ansehnlichen Eindruck. In ihm konnte man nach seinen Einbauten selbstverständlich auch schlafen und kochen. Vor der Abfahrt präsentierte er uns sein Machwerk. Voller Stolz wies er auf seine selbst entwickelte und von Tine genähte Roll-Markise am Wagendach hin. Im Süden sieht es mit dem Schatten bekanntermaßen oft schlecht aus, und dann ist so eine große Markise am Wagen eine reine Wohltat. Genau daran dachte ich, als wir unterm aufgebockten Wagen lagen und die Frauen etwas abseits von uns im kärglichen Schatten schmorten.

Es fing alles so gut an, aber dann kam es immer dicker. In Rosenheim erkannte unser Freund, dass seine einzige Gasflasche leer war, eine Bagatelle im Hinblick auf das, was dann noch alles kommen sollte. Kurz vor Spittal in Kärnten zersplitterte mit einem ohrenbetäubenden Knall unsere Frontscheibe. Ein entgegenkommender Lastwagen schleuderte gleich mehrere Steine auf unser schönes Auto. Mit Mühe und viel Glück bekam ich den Wagen zum Stehen, die Scheibe hatte sich in ein weißes, fast undurchsichtiges Mosaik verwandelt. Geschockt pulten wir mühselig die vielen Einzelteile aus der Scheibendichtung. Zum Glück ist so etwas heute nahezu ausgeschlossen: Der technische Fortschritt hat uns mit dem Verbundglas bessere Windschutzscheiben beschert.

Die Weiterfahrt zur nächstgelegenen Werkstatt gestaltete sich zwangsläufig recht luftig. Am Morgen drauf war der Schaden behoben und fast vergessen.

In Kroatien fanden Achim und Tine entsetzt heraus, dass sie ihre eigens für den Urlaub besorgten Schecks zu Hause liegen gelassen hatten und jetzt nur noch einen einzigen Eurocheque besaßen. Das würde hinten und vorne nicht reichen. Zum Geldwechseln wurde damals höchstens ein Betrag von dreihundert D-Mark akzeptiert. Beide beruhigten sich aber bald: Ein befreundetes Gastwirtsehepaar aus ihrer Nachbarschaft würde seinen Urlaub in der Nähe von Dubrovnik verbringen. Die beiden könne man bestimmt anpumpen.

Das war zu dem Zeitpunkt leicht gesagt, ohne funktionierende Kupplung mit Achims Bus jetzt aber nicht mehr zu realisieren. Verbissen werkelten wir unter seinem Transporter. Dass ein Kupplungsseil reißt, ist schon unangenehm genug, es kommt aber nicht unerheblich darauf an, wo einem so etwas passiert und wie schnell man schließlich ein neues bekommt. Dieses blöde Seil hatte seinen Geist direkt auf einer bevölkerten Hafenmole aufgegeben, und jeder wird sich dort gefragt haben, was wir mit unseren Bussen ausgerechnet an dieser Stelle wollten.

Nun, wir hatten einen langen Tag am Steuer unserer Fahrzeuge hinter uns. Es dunkelte bereits, als sich Achim anschickte, eine steile und enge Zufahrt zum Wasser hinunterzufahren. Ihm schwebte ein hübsches, ruhiges Schlafplätzchen am Meer vor – mit Blick aufs Wasser und Wellenrauschen inbegriffen. Links und rechts an der Straße parkten Autos, an einigen kamen wir nur haarscharf vorbei. Schließlich rollten wir mit unseren Bullis auf eine beleuchtete Promenade mit Stühlen, Tischen und Bewirtung. Die Gäste nahmen ziemlich unwillig, teilweise murrend ihre Sitze beiseite, damit wir weiter zu einer nahen Mole fahren konnten, die sich jedoch für unsere Zwecke als völlig ungeeignet erwies.

Hier an der Küste tobte das Leben und natürlich auf der Mole auch, auf die sowieso keine Fahrzeuge durften. So mancher Urlauber fasste sich über die Unvernunft von uns Deutschen an den Kopf. Beim Wenden war Zentimeterarbeit angesagt. Wieder mussten Stühle und gedeckte Tische beiseite geräumt werden, und plötzlich hörten wir von Achims Fahrzeug nur noch das Kreischen der Getriebezahnräder. Achim stand mit seiner Kiste zwischen dem Gestühl und kam nicht mehr vom Fleck. Die Kupplung versagte ihren Dienst.

Kennen Sie das Gefühl, man glaubt, das alles könne einfach nicht wahr sein? Gleich wacht man auf, und es war nur ein böser Traum? Nur, man kann nicht aufwachen, denn es ist kein Traum. – So erging es meiner Frau und mir damals. Wir hatten die beleuchtete Promenade schon fast verlassen und uns bei den Gästen entschuldigt.

Achim stellte den Motor ab, ziemlich blass im Gesicht stieg er aus. Die zumeist deutschen Urlauber begannen lauthals zu schimpfen. Es wurde ungemütlich. Ein Passant erkannte unsere missliche Situation, gemeinsam drehten wir den schweren Bus und schoben ihn von der Promenade. Die Leute beruhigten sich.

Der Helfer in der Not, ein deutscher Kfz-Mechaniker, legte sich trotz seines strahlend weißen Hemdes ohne zu zögern unters Fahrzeug. Er machte uns die vage Hoffnung, das Seil sei für die Betätigung der Kupplung lediglich ausgehakt. Dem war aber nicht so, es war gerissen. Unsere etwas naive Vorstellung, bei der nächsten VW-Werkstatt ein neues Seil zu bekommen, dämpfte er: „Ihr seid im sozialistischen Ausland. Vor Dubrovnik kriegt ihr vermutlich kein Seil." Das war alles andere als erbaulich, denn Dubrovnik war entsprechend den damaligen Straßenverhältnissen beschwerliche dreihundert Kilometer entfernt.

Achim legte den ersten Gang ein, startete, der Motor sprang an, der ganze Wagen ruckelte und zuckelte, und ich lief den schmalen Weg nach oben zur Hauptstraße schreiend vorweg. Hinter mir Achim in dem Bus, mit eingeschaltetem Fernlicht und blinkenden Warnleuchten. „Platz da, Platz da!", schrie ich andauernd und außer Atem.

Es klappte, Fußgänger sprangen erschreckt zur Seite, entgegenkommende Autos wichen blitzschnell aus. Mit Sicherheit vermuteten sie einen Unglücksfall oder nahmen an, dass irgendwelche Ausländer mal wieder verrückt geworden seien. Sehr viel anders ging es aber nicht: Ein Stopp, und wir hätten bei der Steigung den Wagen nicht mehr starten können. An ein Hochschieben des Transporters war absolut nicht zu denken. Wir erreichten tatsächlich die Hauptstraße, mit letzter Kraft zog ich mich zu Achim in den fahrenden Bus. Gemeinsam tuckerten wir im ersten Gang zum nächsten Parkplatz, auf dem wir tags drauf versuchen wollten, den Wagen wieder flott zu kriegen.

Nach unserem VW-Werkstatt- und Händlerverzeichnis musste in dem circa siebzig Kilometer entfernten Split eine größere autorisierte VW-Werkstatt zu finden sein. Früh morgens machte ich mich mit Achim in unserem Wagen auf den Weg. Die Werkstatt gab es; schon von weitem war sie an dem großen blauweißen VW-Symbol auszumachen. Nur ein Seil, das gab es dort nicht. Der Werkstattleiter meinte auf Deutsch, so etwas hätte er auch gern. In etwa einem Monat müsste eine Lieferung eintreffen, vielleicht auch später. Wahrscheinlich erhielten wir in Dubrovnik ein Kupplungsseil. Unsere begehrlichen Blicke auf die abgestellten Schrottautos beschied er abschlägig, die hätten schon lange keine Seile mehr. Wir waren im real existierenden Sozialismus mit seiner Mangelwirtschaft angekommen.

Einsilbig ging es zurück und dann unter Achims Transporter. Irgendwie mussten wir eine Reparaturmöglichkeit finden. Die Enden des gerissenen Seils formten wir zu einer Schlinge, jetzt fehlte nur noch ein belastbares

Zwischenstück. Zeltleinen erwiesen sich nach mehreren Versuchen als untauglich, sie gaben nach. Stabiler Draht musste her, aber wo gab es den? Spanndraht an Zäunen wäre eine Lösung. Wir liefen die Küstenstraße mit einer Kneifzange in der Hand ab, weit und breit war kein verwertbarer Draht an einem Weidezaun oder dergleichen zu entdecken.

An einer Taverne wurden wir fündig. „Da haben wir ja was!", stieß Achim aus und zeigte ganz begeistert auf das Dach aus Weinreben, das für Schatten auf der Terrasse sorgte. Mehrere Reihen von Draht gaben dem Wein den nötigen Halt. Jetzt hieß es, klug und diplomatisch vorzugehen. Zuerst bestellten wir etwas zu trinken, bei dieser Affenhitze in jedem Fall nicht verkehrt. Mit dem Wirt kamen wir schnell ins Gespräch, er hatte in Deutschland gearbeitet und war auf Deutsche gut zu sprechen.

Unser Problem verstand er sehr schnell und meinte großzügig: „Nehmt euch, was ihr wollt." Das taten wir dann auch und kamen mit unserer Beute glücklich bei unseren Frauen wieder an. Jetzt klappte es tatsächlich. Das Seil ließ sich spannen, und die Kupplung funktionierte. Spät nachmittags verließen wir um mehrere Erfahrungen reicher unsere Wirkungsstätte und starteten in Richtung Dubrovnik zu den vermuteten Geldgebern von Tine und Achim.

Wohlbehalten erreichten wir das Wirtsehepaar in einem Superhotel nahe Dubrovnik. Das provisorisch geflickte Kupplungsseil hielt erstklassig. Die Fahrt auf

der Küstenstraße erwies sich allerdings als das reinste Abenteuer und extrem risikoreich. Etliche hatte es schwer getroffen; viele Pkws, Lastwagen und sogar große Busse hingen unterhalb der kurvigen Straße in den Felswänden. Kein Mensch kam auf die Idee, den Schrott rauszuholen. Immer wieder überholten Touristen und Einheimische an Stellen, die eigentlich nur Kamikaze-Fliegern und anderen Selbstmördern vorbehalten waren.

In den Dörfern verwesten Hunde- und Katzenkadaver auf der Straße. Zerlumpte Kinder lungerten am Straßenrand herum, nicht selten bewaffnet mit Steinen. Schon vom ADAC hatten wir den wichtigen Tipp bekommen, in solchen Fällen Zigarettenschachteln hinauszuwerfen. Das würde sie ablenken. Auch der Rat, auf keinen Fall nachts durch Jugoslawien zu fahren und bei einem Unfall nicht anzuhalten, sondern unbedingt zur nächsten Polizeiwache weiterzufahren, entsprang der harten Wirklichkeit.

Ohne Licht waren nachts Traktoren, Pferdegespanne und Eselskarren unterwegs. Ganz Vorsichtige hatten immerhin ihre Fuhrwerke notdürftig mit einer Petroleumfunzel gesichert. Abgesehen davon, betrachteten viele Einheimische die dunkle Straße als ihren angestammten Versammlungsort, den sie sich von keinem nehmen lassen wollten. Zuhauf hockten sie entweder auf der Fahrbahn oder standen dicht gedrängt in Gruppen zusammen und tauschten sich aus. Wenn man sie sah, konnte es bereits zu spät sein. Wer mit seinem Wagen nach einem Unfall anhielt, hätte sich vor möglichen Wut- und Hassattacken kaum schützen können. Im Landesinneren bestand zudem die latente Gefahr der Blutrache.

Ecki und Ute, das Ehepaar mit der Gastwirtschaft, waren überaus glücklich, unsere Freunde zu sehen, und auch wir beide wurden herzlich begrüßt. Nicht weit von ihrem exklusiven Urlaubshotel mit eigenem Badestrand und kleinem Bootshafen hatten wir auf einem Campingplatz Halt gemacht. Die Landschaft und das kleine Örtchen am Mittelmeer gefielen uns ausnehmend gut. Dies ging nicht nur uns so, sondern auch den vielen deutschen Urlaubern, die die schöne, Palmen bestückte Uferpromenade mit Zugängen zu etlichen sehr gepflegten Feriendomizilen bevölkerten. Der Zeltplatz grenzte an eine große Sandbucht mit üppiger südlicher Ufervegetation. Hier konnte man es in der Tat aushalten.

Darin bestärkte uns auch der Gastwirt Ecki, der zunächst einmal Tine und Achim großzügig mit Geld aushalf. Aber so ganz ohne Hintergedanken war das nicht. Ecki und Ute langweilten sich in ihrer Luxussuite zu Tode, sie kannten die Gegend in- und auswendig. Jedes Jahr fuhren sie hierher. In dem Hotel waren sie Stammgäste und die angesehensten noch dazu.

So wie die beiden ihr Geld in hohem Bogen rauswarfen, möchte man meinen, sie verprassten im Urlaub Schwarzgeld. Jeder Wunsch wurde Ute und Ecki von den Lippen abgelesen. Wollten sie ein Spanferkelessen, bekamen sie es, auch wenn der Hotelkoch so etwas noch nie zubereitet hatte. In dem Maul des tischfertigen Spanferkels prangte eine kleine Ananas und garniert war es mit bunten Paprikaschoten. Dem Hoteldirektor half Ecki mit allerlei technischem Gerät aus Deutschland aus, darunter befand sich sogar einmal ein Automotor, den er wie die anderen Güter auch in seinem großen Bootsanhänger über die Grenzen schmuggelte. Ecki war in der Anlage der ungekrönte König, und wir sollten jetzt zu seinem Hofstaat gehören.

Ecki ließ klären, ob es in Dubrovnik ein passendes Kupplungsseil gäbe. Es wurde für ihn zurückgelegt. Ecki und Ute spendierten uns alles, Essen, Getränke und freien Zutritt zur Hotelanlage, und abends wurde auf ihre Kosten gezecht und gefeiert. Ecki schlug vor, mit seinem Motorboot nach Dubrovnik zu fahren, um das Seil zu holen. Dies sei sehr viel angenehmer und außerdem deutlich schneller, als die dreißig Kilometer auf der Küstenstraße hinter sich zu legen. Das hatte was, aber Ecki ließ sich Zeit damit. Nach einer Woche erklärte er sich endlich bereit, mit uns mal kurz nach Dubrovnik zu „zischen".

Eckis Boot war nicht irgendein Motorboot, es entpuppte sich als Rennboot. Jetzt ahnte ich, was er mit „zischen" meinte. Voller Vorfreude und Besitzerstolz strahlend erklärte er uns, er sähe heute endlich mal die Gelegenheit, seine Rakete auf Touren zu bringen. Außenbords hingen zwei große, schwere amerikanische Motoren mit Turboladern, zu der damaligen Zeit eine absolute Rarität. Um die richtig hochzufahren, war sein Boot jedoch zu leicht, aber wir hatten genau das fehlende Gewicht, um es auf dem Wasser zu halten. Ohne uns würde er sonst, wie er sich ausdrückte, glatt einen Senkrechtstart zum Mond hinlegen.

Ute, die man wohlwollend als stämmig bezeichnen konnte, postierte er ganz vorn auf den Bug und schnallte sie an. Wir vier sollten es uns in der Kabine auf den vordersten Sitzen gemütlich machen. Und dann warf Ecki die Motoren an. Nach ihrem Röhren und Brummen zu urteilen, schienen sie genau zu wissen, was der Besitzer von ihnen erwartete. Es wurde ein Höllenritt, das Boot schoss wie ein Pfeil laut hämmernd und bummernd übers kabbelige Wasser, Ecki strahlte. Irgendwas schrie er in den Fahrtwind, offensichtlich fuhr er mit Full Speed und wollte uns das erregt mitteilen.

In Dubrovnik erstand Achim das Seil. Am nächsten Tag baute er es ein, und dann hieß es Abschied nehmen von Ute und Ecki, die überhaupt nicht verstehen konnten, warum wir schon weiter wollten. Nach einer Woche verlor jedoch Eckis und Utes Paradies seinen Reiz. Uns war nach neuen Eindrücken zumute, und sich ständig aushalten zu lassen, war auch nicht unsere Sache. Griechenland, das Land der Hellenen, lockte.

Wir lernten es so kennen, wie wir es uns vorgestellt hatten, und das heißt viel, denn wir hatten hohe Erwartungen. Sie existierten wirklich, die gastfreundlichen Griechen, die märchenhaften Plätze am Meer, nicht selten in der Nähe einer kleinen Taverne. Am Fuße der Meteora-Klöster tanzten wir abends ausgelassen mit jungen Griechen zur Musik von Mikis Theodorakis Sirtaki.

Nie zuvor hatten wir so eine funkelnde Sternenpracht am Himmel gesehen. In den klaren und dunklen Nächten leuchtete und blitzte eine unübersehbare Anzahl von Sternen am Firmament. Andächtig folgten wir den Ausführungen unseres Freundes über Sternbilder und ihre Bedeutung in der Antike. Als ganz klein und belanglos empfanden wir unser Dasein angesichts der unfassbaren Größe des Universums. Wenn Gott lebt, dann irgendwo in der Schwerelosigkeit des Alls, und vielleicht entschweben unsere Seelen eines Tages dorthin.

Bis zur Abfahrt von dem Fährhafen Patras widerfuhr uns nicht die geringste Unannehmlichkeit. Es schien so, als hätten wir das Kontingent an bösen Überraschungen ausgeschöpft, aber lesen Sie weiter.

Womo am Haken

Wie ginge es Ihnen, wenn Sie sich Ihren teuren, nagelneuen Westfalia-Campingbus in dem windigen Ladegeschirr einer griechischen Autofähre von unten ansehen müssten – abgehoben in luftige Höhen? Jeden Augenblick fürchteten Sie zu Recht, das liebgewonnene Mobil könne an die Bordwand der Fähre schlagen und schlicht zerschellen. Aber dies wäre noch nicht alles, vorher hätten Sie ein teuflisches Knacken vernommen, wenn nämlich der Kranhaken anzöge und sich das volle Fahrzeuggewicht auf zwei provisorisch unter den Wagen geschobene, immerhin gepolsterte Balken legte. Na, welche unangenehmen Gefühlswallungen stellen sich bei Ihnen ein? Mir ging es damals jedenfalls sehr schlecht.

Lautstark hatte ich gegen die unfachmännische Verladetechnik protestiert, jedoch eine andere Möglichkeit, mit dem Auto an Bord zu gelangen, gab es nicht. Auf jeden Fall erreichte ich, dass sich die Mannschaft von unserem Bus fernhielt und der herbeigerufene Erste Offizier in seiner schneeweißen Galauniform höchstpersönlich die schiffseigene, vorsintflutliche Seilwinde bediente, die ihre besonderen Tücken besaß und diese auch gern zeigte. Nahezu unberechenbar ruckte sie an und brachte unser kleines Wohnmobil derart böse ins Schlingern, dass die Crew überaus froh war, sich da raushalten zu dürfen.

So hatten wir uns das nun wirklich nicht vorgestellt. Um unsere traumhafte Zeit in Griechenland noch etwas länger unbeschwert genießen zu können, verzichteten wir leichten Herzens auf die gefahrvolle Rückfahrt durch Jugoslawien und entschlossen uns zu einer geruhsamen Rücktour auf der Fähre von Patras nach Ancona in Italien. So eine Schifffahrt kann ja was Feines sein.

Zwei Wochen zuvor hatten wir an dem Ticketschalter einer Reederei die Karten gekauft, nicht ohne den griechischen Verkäufer eindringlich auf eine Mindestdurchfahrtshöhe von zwei Metern hinzuweisen, sonst kämen wir in das Schiff nicht rein. Einen derartigen Hinweis hielt er für beinahe ehrenrührig. Verstimmt garantierte er uns, wir würden hundertprozentig an Bord gelangen. Folglich schickte man sich an, Wort zu halten.

Achims Transporter verfrachteten die pfiffigen Seeleute ganz unkonventionell ins Schiff. Jeweils zwei gewichtige Männer stellten sich lachend einfach hinten und vorne auf die Stoßstange, und los ging es derart beschwert in den Bauch des Schiffes. Mit unserem Fahrzeug war dies aber nicht zu machen, es war wegen des Aufstelldaches höher als Achims Bus, aber immer noch niedriger als die garantierten zwei Meter. Jedoch auch dafür hatten die findigen Griechen eine Lösung, nämlich den Kran auf ihrer Fähre. Geistesgegenwärtig fotografierte meine Frau die einzelnen Verladeschritte, während ich am Kai stand und mit unserem Camper litt.

Einigermaßen sachte setzte der Erste Offizier unser Womo auf dem Vordeck ab, direkt unterhalb der Kommandobrücke zwischen Tauwerk und Anker. Nichts

Gutes ahnend, inspizierten wir es eingehend. Der hintere Balken lag genau unter dem Heckmotor. Von dort kam vermutlich das Knacken, die Motorhalterung hatte einen großen Teil des gesamten Fahrzeuggewichts aufnehmen müssen. Der Motor sprang allerdings auf einen Schlag an. Wir hatten uns einen ganz anderen, durchaus veritablen Schaden eingehandelt: Der vordere Balken hatte die Türholme nach innen gebogen. Eines wusste ich mit Bestimmtheit, die Reparatur würde sehr teuer werden.

Probleme kann man auch bewältigen, indem man sie einfach nicht wahrnimmt. Der herbeigerufene Schiffsingenieur konnte beim besten Willen keine deformierten Holme erkennen, somit war alles in bester Ordnung und ich der Spinner. Konsequenterweise wollte mir auch niemand eine Bestätigung über den Schaden ausstellen. Der griechische Kapitän mit dem französischen Namen „Touchée", den ich vor Wut kochend von seinem Captain's Dinner wegholte, ließ mich dreist ins Leere laufen: "There's no damage, my dear friend. But your insurance would pay for it anyway!", und wandte sich wieder lächelnd seinen Tischgästen und der festlich gedeckten Tafel zu.

Kaum war der Wagen in Ancona von Bord, hasteten wir zur Hafenpolizei. Es wird Sie bestimmt nicht überraschen, dass dort im trauten Gespräch bereits ein guter Bekannter saß, nämlich der Schiffsingenieur. Ein Beamter bequemte sich immerhin, unseren Campingbus auf einen Transportschaden hin zu untersuchen und konnte diesen – oh Wunder! – sogar entdecken. Auf Englisch erklärte er mir und dem finster dreinblickenden Schiffs-ingenieur, es handele sich seiner Meinung nach nicht um eine Lappalie oder Bagatelle. Das gab mir mächtig Auftrieb.

Uniformträger, die ein Auto untersuchten, sich nicht einigen konnten, lautes Diskutieren und Gestikulieren, das alles hatte einen gewissen Sensationseffekt. Schnell bildete sich eine Traube Neugieriger um unser Fahrzeug. Keiner wollte etwas versäumen. Auch dem Kapitän Tou-chée entging der Menschenauflauf nicht. Schleunigst fand er sich ein. Mit gedämpfter Stimme sprach er vehe-ment auf den Hafenpolizisten ein, der eine zunehmend nachdenklichere Miene aufsetzte und sich plötzlich beeilte, seine Zuständigkeit zu leugnen. Schließlich sei das alles im Ausland und auf einem ausländischen Schiff passiert. Dementsprechend verweigerte er ein Schadens-dokument. Gemeinsam mit dem grinsenden Touchée schritt er von dannen. „Die Bande soll mich noch ken-nenlernen!", schwor ich mir. „So leicht kommt ihr mir nicht davon!"

Vor unserem Urlaub hatten wir eine Autorechtsschutzver-sicherung abgeschlossen. Meine VW-Werkstatt erstellte ein Gutachten. Dem Kundendienstmeister verschlug die griechische Verladetechnik nahezu die Sprache. Aber ihn überkam auch ein Anflug von Stolz, als er sah, was ein VW-Transporter im Extremfall noch gerade so aushielt. Zusammen mit eindrucksvollen Fotos vom Ladevorgang und unserem Unfallbericht ging das Gutachten an die griechische Auslandsvertretung der Versicherung.

Besonders große Erwartungen sollten wir nicht hegen, wurden wir gewarnt. Es könne durchaus sein, dass wir auf dem Schaden sitzen blieben. Am Telefon erklärte mir der zuständige Sachbearbeiter die Hintergründe: "Vertrauen Sie bitte darauf, wir werden alles unternehmen, was möglich ist, aber das griechische Rechtssystem ist nun mal anders als das deutsche und völlig unberechenbar."

So zeige die Erfahrung, führte er aus, nicht die Beweiskraft einzelner Schriftstücke oder Zeugenaussagen wirke entscheidend, sondern vielmehr die Zahl der Zeugen, die die Gegenseite aufmarschieren ließe. „Ihre Fotos, Herr Bosien, sind schön und gut, es liegt aber im Ermessen des Gerichts, sie als Beweismittel zuzulassen. Deshalb werden wir uns zunächst mit der Reederei zusammensetzen und Überzeugungsarbeit leisten."

Es vergingen Monate; wir hatten unsere Forderung längst abgeschrieben, da fanden wir in der Post einen Brief, Absender: die Versicherung. Die griechische Reederei ersetzte den hohen Schaden. Ein Scheck war beigelegt. Als ich den Scheck in der Hand hielt, kam mir wieder der hintertrieben grinsende Kapitän in den Sinn, und diesmal konnte ich mir ein Grinsen nicht verkneifen: Ab und zu gibt es sie doch, die Gerechtigkeit, my dear friend!

Es bleiben die Träume

Es war im Sommer, im Monat August. Meine Frau und ich fuhren mit unserem Karmann-Mobil an die Nordsee. Endlich wieder Seeluft schnuppern, am Strand barfuß entlangschlendern und den feuchten, warmen Sand unter den Füßen spüren! Wir wollten baden, radeln, die schöne Küstenlandschaft erkunden und einkehren, wo es uns gefiel. In Cuxhaven gibt es direkt am alten Fährhafen einen großen Wohnmobilplatz, von dem nicht wenige schwärmen: Nirgends könne man so dicht am Wasser stehen wie dort. Außerdem seien Cuxhaven und der Strand sozusagen direkt vor der Wohnmobiltür.

Als wir nachmittags dort ankamen, konnten wir kaum glauben, was wir sahen. Auf einer großen gepflasterten Fläche, etwa zweihundert Meter im Quadrat, kein Baum, kein Strauch, standen hunderte von Wohnmobilen. Was zum Teufel fanden die Leute an diesem Platz so toll? Tatsächlich machten sie Urlaub auf einer tristen, ehemaligen Terminalfläche, die jetzt als Stellplatz für Womos herhielt.

Zur Nordseeseite gab es keinen einzigen freien Platz. Dicht aneinandergedrängt, mit den Frontscheiben fein säuberlich zum Meer ausgerichtet, standen sie da mit ihren Wohnmobilen von acht Metern Länge und noch mehr. Die Besitzer dieser „Dickschiffe" aus der Königsklasse hatten sich an der Nordseeseite ihren Platz mit Sicht aufs Meer erkämpft. Man musste jedoch bereit sein, sich eine breite und hässliche Leitplanke vor dem Panorama wegzudenken. Davor hatten die augenscheinlich Glücklichen ihre Tische und Stühle aufgebaut, schauten auf das nahe Hafenbecken oder verfolgten mit ihren Ferngläsern die vorbeiziehenden Schiffe.

Ich habe selten einen so spartanisch eingerichteten und zubetonierten Platz erlebt, dafür war er aber besonders günstig. „Viel billiger und besser als auf jedem Campingplatz!", erklärte mir eine Womofrau, die meine fragenden Blicke als Neuankömmling intuitiv richtig deutete. „Sie haben sogar richtig Glück, auf der anderen Seite zum Seglerhafen ist noch Platz, der ist allerdings nicht ganz so schön. Aber beeilen Sie sich, gegen Abend gibt es kein Plätzchen mehr. Dann stehen Sie mit den anderen in zwei Reihen in der Mitte. Vom Wasser sehen Sie von dort rein gar nichts."

Nie und nimmer wären wir hier geblieben, wenn es nicht die Stadt Cuxhaven in der unmittelbaren Nähe gegeben hätte, einen Badestrand und die Gelegenheit zu ausgedehnten Radfahrten sowie einer Wattwanderung zur Insel Neuwerk. So fuhren wir in die freie Lücke mit dem besagten Blick auf den Seglerhafen. Maritimes Flair haftete diesem Stellplatz nur sehr bedingt an. Hohe graue Betonabsperrungen und rostiger Maschendraht vor den Augen ließen jegliche Seeromantik von Wasser, Wellen und Booten bereits im Keim ersticken.

Dieses Paradies der Wohnmobilisten in Cuxhaven hat beinahe die Qualität eines Freiluftgefängnisses, mit dem

Unterschied, dass die Leute freiwillig und gegen Entgelt hier reinwollen und über die Möglichkeit verfügen, sich wieder davonzumachen. Sie fühlen sich hingegen so wohl, dass sie gar nicht daran denken, ihren engen Platz vorschnell und unüberlegt für andere, gar Unbekannte zu räumen.

Abends sahen wir die Mitglieder der „Nordseeseite" zusammensitzen. Sie kannten sich, kamen oft hierher, wussten zum Beispiel, dass sich Otto und Erna einen neuen großen „Eura" gekauft hatten, den mit den von oben herunterhängenden Außenspiegeln. Übermorgen wollten sie kommen. „Dieter und Uschi fahren dann weg, in diese Lücke kann Otto reinstoßen." – Alles genau geplant und vergeben.

Eines war uns beiden trotz der vielen Freizeitmöglichkeiten klar, häufig auf den Maschendraht zu schauen, geht fürchterlich aufs Gemüt. Morgens rollte ein Camper an der besseren Seite seine Markise ein. Er schien seine Abfahrt vorzubereiten, ein Signal für mich, unser Wohnmobil mit der Vorderfront in Richtung Nordsee zu drehen und mich in Lauerstellung zu begeben. Es war sehr unwahrscheinlich, dass nur wir auf diesen freien Platz aus waren, also musste man flink sein. Und das waren wir.

Mit unserem kompakten Wohnmobil von knapp sechs Metern schlug ich sie um Längen bei dem dann einsetzenden Wettrennen. Unser Karmann ist viel wendiger und schneller als die Monstermobile mit den älteren

Herrschaften. Als die anrollten, befand ich mich zu ihrem Entsetzen bereits in der begehrten Lücke, wenn auch mit einem Wohnmobil, das schon wegen seiner Abmessungen dort nicht hinpasste. Es hätte noch wachsen müssen. Das ließen uns die neuen Nachbarn auch spüren. Wir waren nicht lang genug, einfach zu klein, insofern fehl am Platz. Aber man wollte nicht so sein und unterhielt sich trotzdem mit uns.

Wir unternahmen unsere Touren, darunter auch eine Wanderung barfuß über das feinsandige Watt. Der Wattführer, übrigens ein Rheinländer, vor Jahren an die Küste verschlagen, wusste in launiger Art viel und Interessantes über die Wunderwelt des Wattes zu berichten. Hier und da versammelte er unsere Gruppe. Zielgenau grub er vor unseren Augen und erklärte am lebenden Beispiel die nützliche Arbeit eines Wattwurmes oder demonstrierte, wie schnell eine Kammmuschel verschwindet, kaum dass sie das Tageslicht erblickt. Knietief wateten wir durch Wasser führende Priele nach Neuwerk. In der rot untergehenden Abendsonne schipperten wir auf einem in schimmerndes Rosa getauchten Meer zurück. Die Passagiere drängten sich an der Reling des Oberdecks, um das fantastische Naturschauspiel hautnah zu bewundern. Ein strahlend schöner Sommertag mit einzigartigen Erlebnissen fand sein Ende.

Die anfängliche Geringschätzung der Nachbarn schlug um in so etwas wie Neid, ausgelöst durch unsere Aktivitäten und Restaurantbesuche. Ausgiebig berichteten sie von ihren langen Reisen und was sie alles schon gesehen

hatten. Angefangen hatten sie mit Zelt und einem kleinen Pkw, danach ging es mit Hänger und einem richtigen Zugwagen auf Tour.

Wie so viele andere Rentner realisierten sie mit dem Abschied aus dem Erwerbsleben ihren Traum vom langen Reisen in einem komfortablen Wohnmobil, häufig finanziert aus Lebensversicherungen oder Abfindungen. Den ersehnten Schlüssel für ein großes und mobiles Heim auf vier oder sogar sechs Rädern hielten sie bald in den Händen. Endlich sahen sie ihre langgehegten Wünsche erfüllt.

Mit einem Wohnmobil entfällt die Suche nach einem passenden Hotel. Das Bett ist immer da, denn es fährt ja mit, die Küche hat immer geöffnet. Somit wird das Wohnmobil zum Inbegriff der Freiheit auf Rädern. Um wirklich unabhängig zu sein, verkauft manch einer sogar sein Haus. Getauscht wird es gegen „Schöner wohnen auf Achse". Mit Gleichgesinnten trifft man sich nach langen Fahrten zum Überwintern in Spanien, Marokko oder Tunesien. Zwei, drei Monate oder noch länger, gar kein Problem: „Wir haben ja alles, was man braucht! Hauptsache, man bleibt gesund."

Zum Idealbild eines Reisemobilisten gehört Mobilität. Er will nicht an Ort und Zeit gebunden sein. Jederzeit weiterfahren und anhalten zu können, wo es ihm gefällt, das ist sein Motto. Aber je älter man wird, desto länger verweilt man, und Krankheiten stellen sich ein. Es ist anstrengend, mit den großen Wohnmobilen unterwegs zu sein und bei den Treibstoffpreisen kostspielig noch dazu.

Entsprechend hingen auch hier in Cuxhaven viele Rentner den ganzen Tag im Schatten ihres Mobils herum, besuchten sich gegenseitig, betrachteten die Womos von innen und außen, tranken Bier oder lasen die Bild-Zeitung. Abends wurde Essen auf einem Gasgrill zubereitet und geklönt.

Ein Dreh- und Angelpunkt ihrer Gespräche waren die Krankheiten. Detailgenau schilderten sie sich gegenseitig neueste OP-Methoden. Ich gewann den Eindruck, derjenige verdiente sich den größten Respekt, der die teuersten Ersatzteile in seinem Körper aufweisen konnte. Wer nicht an diesen Sitzungen teilnahm, verzog sich in sein Womo-Reich und ließ den Fernseher laufen, gewöhnlich störend laut, schließlich hört man nicht mehr so gut.

Das war's, viel mehr passierte eigentlich nicht. Ihre Tage und Wochen vergingen, bis sie wieder abrückten und sich fürs nächste Jahr verabredeten, um gemeinsam von der Mobilität und der grenzenlosen Freiheit zu träumen. Nach einem neuen Ort wollten sie nicht mehr Ausschau halten, sie hatten sich auf einige lieb gewonnene Plätze festgelegt. In ihrem Leben hatten sie genug Neues gesehen: „Dieser Platz direkt am Wasser ist doch schön!"

Ob es uns auch mal so ergeht? Daran dachte ich, als wir uns aufmachten, die Nordsee weiter entlang zu fahren.

„Zwei Euro bitte!"

Gute neue Wohnmobilplätze behält man meist nicht für sich. Man gibt sie weiter. Verlage, die Reisemobilführer mit vielen tausend Stellplätzen in Deutschland und Europa herausgeben, sind auf solche Hinweise angewiesen. Sie kommen dann allen zugute. Per Zufall fanden wir einen nirgends aufgeführten Spitzen-Stellplatz. Seinen Standort weitergeben konnten wir nicht, denn es war kein Womo-Platz, aber irgendwie doch. Am besten, ich erzähle Ihnen diese Geschichte von Willem und seinem Parkplatz.

Nach Cuxhaven liefen wir noch mehrere kleine, romantische Hafenorte an, fanden immer wieder gute Stellplätze am Meer und verbrachten viele schöne Tage an der Küste mit ihrer salzhaltigen Seeluft. Die Nordsee war so warm, wie wir sie noch nie erlebt hatten. Natürlich badeten wir jeden Tag. Ich kam mir schon beinahe wie ein Seehund vor, jedoch mit dem äußerst angenehmen Unterschied, dass ich mir nicht den Fisch mühevoll unter Wasser erjagen musste, sondern ihn in den vielen gemütlichen Fischrestaurants an Land schmackhaft zubereitet auf den Tisch bekam.

Auf der Suche nach einer neuen Badestelle befuhren wir eine schmale, asphaltierte Straße in Richtung Deich. Von weitem erblickten wir einen großen Parkplatz, versehen mit einem kleinen Haus nebst Fahnenmasten. Das sah äußerst einladend aus, war es aber nicht. Ein auffälliges

Schild verbot den Aufenthalt mit Wohnmobilen, und für Pkws waren Parkgebühren von zwei Euro fällig. Als Reisemobilist hasse ich solche Plätze, legte bereits den Rückwärtsgang ein, als ein Hüne in Gestalt eines Parkplatzwächters auf uns zukam. „Moin, moin, fünf Euro bitte!" Das war ja noch unverschämter. „Wieso denn? Ihr seid doch auch größer, dann kost dat ok mehr."

Meine Frau, die vom Lande kommt, genauer vom Bauernhof, reagierte blitzschnell: „Für fünf Euro können wir aber auch übernachten?" „Ja, wenn ihr bezahlt, schon!", war die prompte Antwort. „Fahrt mal'n bisschen nach hinten auf die Wiese, da habt ihr es schön ruhig und steht nicht zwischen den vielen Autos. Genau dahin, wo das andere Wohnmobil steht."

Das war ja kaum zu glauben! Wozu stand an der Einfahrt ein Verbotsschild für Wohnmobile, sogar mit Strafandrohung? Ein weiteres Schild ließ darüber hinaus keinen Zweifel an der Ernsthaftigkeit: Die Gemeinde drohte mit kostenpflichtigem Abschleppen. Willem, der Parkplatzwächter, kassierte die fünf Euro und wandte sich neuen Besuchern zu, diesmal mit seinem Standard-Spruch: „Moin, moin, zwei Euro bitte!" Willem war eine Institution, viele Urlauber kannten ihn. Keiner wagte es, sich ohne zu zahlen an ihm vorbeizumogeln. Dieser zwei Meter große Mann mit Händen wie Schaufeln, blitzenden blauen Augen und einer über den Platz dröhnenden Stimme flößte jedem Respekt ein. Kam kein Auto, saß der Riese auf einer kleinen Bank vor seinem Büro und klönte mit den Badegästen. Abends begab sich Willem mit Eimer, Putzmitteln und anderem Gerät bewaffnet in das Häuschen und brachte die beiden Toiletten auf Hochglanz.

Am Morgen drauf, Willem machte gerade seine Runde, um den vereinzelt achtlos hingeworfenen Müll aufzusammeln, wollte ich von ihm wissen, ob wir nun nach unserem gestrigen Badetag abrücken müssten. „Nee, bliev man hier!" Freude kam in mir auf: „Und was sollen die Schilder?" Willem lüftete kurz seine weiße Parkwächtermütze, kratzte sich an seinem mächtigen Schädel, sah mir tief in die Augen und grinste: „Die sind wichtig. Nur mit meiner Genehmigung kommst du hier rauf, und jeden nehm ich nich. Ich hatte schon an die dreißig Reisemobile. Die Leute kenn ich, die können auch immer wieder kommen."

Friesische Bauernschläue in Reinkultur offenbarte er mit den nächsten Sätzen. „Weißt du", fuhr Willem bedächtig fort, „das ist alles nicht so ganz einfach. Die Zeltplatzbetreiber sind weit weg, wollen aber partout keinen Wohnmobilplatz. Die waren auch schon beim Kreis. Darum haben wir die Schilder. Nun kann keiner behaupten, wir hätten einen Wohnmobilplatz. In der Gemeinde sind wir fast alle dafür, viel investieren müssten wir nicht. Das Toilettenhäuschen mit meinem Büro steht schon, aber der Gemeindedirektor macht nicht mit. Er kann Wohnmobile auf den Tod nicht ausstehen. Wenn der mit seinem dicken Mercedes auf den engen Straßen hinter euch herjuckeln muss, kriegt der 'ne Lebenskrise. So is dat."

Ich war platt, so lösen Friesen also Probleme! Das hatte was. Offiziell existierte kein Wohnmobilplatz, darum die Schilder. Wer ihnen aber gefiel, den ließen sie gegen Bares und mit Quittung auf ihren Platz. Willem lag viel an unserem Wohlergehen und dass wir blieben. „Rechts an der Ecke des Hauses ist der Wasserhahn, und wenn du morgens frische Brötchen willst, bring ich sie dir vom Bäcker. Bannig scheun is dat hier." Und schon kam der nächste Tagesgast und Willems Spruch: „Moin, moin, zwei Euro bitte!"

Mit der Schönheit der Umgebung hatte Willem nicht übertrieben. Er gab uns wertvolle Tipps für Radtouren und verriet, wo man besonders gut essen könne. Willem kannte jede Sehenswürdigkeit und jeden Flecken. Er war eine wandelnde Touristinformation und freute sich, dass es uns bei ihm gefiel. Bei schönstem Sommerwetter und einer leichten, frischen Brise radelten wir auf den Deichen, schauten auf das Meer, das Watt und die Salzwiesen.

Unsere Abstecher zu den Ortschaften führten uns entlang der vielen grünen Koppeln, auf denen die Kühe wiederkäuend im Gras lagen und die Lerchen trillernd hoch in der Luft standen. Zuweilen stiegen Kiebitze auf, um sich in sicherer Entfernung wieder niederzulassen. Im Deichvorland weideten Herden von Schafen mit ihren inzwischen schon größer gewordenen Lämmern. Liefen sie oben auf dem Deich und sah man von unten an ihnen vorbei auf den strahlend blauen Himmel mit seinen weißen Wolken, so bedurfte es nur etwas Phantasie, sie mit dem Himmel verschmelzen zu sehen, und in diesem Moment wird jeder begreifen, warum die Wolken mitunter „Schäfchenwolken" heißen.

Bei klarem Wetter wirft das Meer wie ein riesiger Spiegel das Licht wieder zum Himmel zurück und verleiht ihm einen ganz besonderen weiten, nahezu transparenten Charakter. Der große Maler Emil Nolde wusste dies und konnte sich zeit seines Lebens von der Küste, dem Meer und dem Watt nicht mehr trennen.

Richtig Spaß brachte es, sich bei auflaufendem Wasser auf das nahe Sandwatt zu setzen. Bald umspülte uns beinahe lauwarmes Wasser, das seine Energie aus den von der Sonne aufgewärmten Sandflächen bezog – ein einzigartiges Vergnügen.

Jeder Urlaub geht mal zu Ende. Von Willem konnten wir uns nicht mehr verabschieden. Enno vertrat ihn am letzten Tag. Erdenkliche Mühe gab er sich, es so gut zu machen wie sein großes Vorbild, unübersehbar seine Ernsthaftigkeit. Das Auftreten und den Tonfall mit dem „Moin, moin, zwei Euro bitte!" bekam er gut hin, das hatte er sich genau abgekuckt bzw. abgehört. Natürlich trug auch er eine weiße Parkwächtermütze. In der Art, wie Willem es tat, ging er auf die heranrollenden Autos zu, stoppte sie, kassierte und gab den Parkzettel mit fast derselben kräftigen, kantigen Handbewegung raus. Aber es war nicht Willem, dazu fehlte ihm etwas, was er nie und nimmer imitieren konnte, er besaß nicht Willems imposante Statur und seine über den Platz hallende Stimme.

Willem, an dieser Stelle sei dir gesagt, wir danken dir. Du warst der beste Parkplatzwächter, den wir je erlebt haben. In Wirklichkeit warst du für uns viel mehr.

Vor kurzem standen wir erneut bei Willem auf „seinem" Platz. Meine Geschichte über ihn hatte ich in Rohform bereits fertig. Ich drückte sie ihm zum Lesen in die Hand. Augenzwinkernd kommentierte er das Gelesene: „Das hast du schön gemacht, vor allem die Nordsee hast du sehr gut beschrieben. So is dat wirklich hier. Wenn dien Book fertig is, kiek mal wedder in. Ik köp di een af."

Heino, der Kopflose

Wenn Sie diese Geschichte lesen, werden Sie vielleicht Hoffnung schöpfen und Mut fassen, für sich oder andere – für wen genau, das entscheiden Sie. Hätte ich gewusst, worauf ich mich bei Heino einlasse, ich wäre nie mit ihm und seiner Frau Anne nach Bornholm gefahren. Auf der anderen Seite wäre ich um eine Lebenserfahrung ärmer.

Wir waren noch ziemlich jung, ausgestattet schon damals mit derselben Reiselust wie heute. Meine Frau hatte eine etwas jüngere Bekannte. Mit ihr und ihrem Mann Heino konnte sie sich gut vorstellen, gemeinsam in den Sommermonaten nach Bornholm zu fahren. Heino befand sich nach einer erfolgreichen Ausbildung zum Metallbauer in einer kaufmännischen Lehre. Er verkörperte nicht den Typ eines kraftvollen, muskulösen Handwerkers. Heino war zwar groß, durchaus ansehnlich, aber schmal und insgesamt feingliedrig. In das Schema eines zupackenden Arbeiters passte er nicht. Ich fand ihn sympathisch, auf den ersten Blick wirkte er auf mich eher schüchtern, linkisch bis versponnen. Ganz anders Anne, sie war die Tatkräftige und Entschlossene, außerdem sehr attraktiv.

Am Tag vor der Abfahrt verstauten wir in unser kleines Wohnmobil nicht nur unser Urlaubsgepäck, sondern auch Annes und Heinos. Sie besaßen kein Auto. Folglich fuhren wir abends zu ihnen und übernahmen an ihrer

Wohnung ihr großes Steilwandzelt und was sie noch alles so brauchten, und sie brauchten sehr viel. In kurzer Zeit war unser VW-Bus rappelvoll. Noch heute frage ich mich, was die mit dem ganzen Krempel eigentlich wollten. Sie hatten offensichtlich vor, ihren Campingurlaub mit einem Höchstmaß an Komfort zu verbinden. Darum ließen sie es an nichts fehlen. Wenn ich es recht bedenke, hätten wir bei der Gepäckübernahme schon gewarnt sein müssen. Genau genommen schon vorher, als wir bei ihnen an der Haustür klingelten.

Sie lebten oben in einem großen Mietshaus. Die Eingangstür war verschlossen, sinnvollerweise klingelten wir. Heino bediente aus der Wohnung heraus den Türöffner, ohne Erfolg. Es summte zwar, aber die Tür ließ sich nicht öffnen – wie das so ist, wenn eine Tür abgeschlossen ist. Sie werden mir beipflichten, dass es nicht mehr normal ist, wenn sich die Prozedur des abwechselnden Klingelns und Summens über mehr als fünf Minuten hinzieht. Endlich erschien Heino unten an der Haustür. Verstimmt sah er aus, tippte gar mit dem Zeigefinger an die Stirn und bedeutete uns durchs Türglas, doch vielleicht mal die Tür aufzudrücken. Nur das, mein lieber Heino, ging ja nicht. Mit elegantem Schwung gedachte er, uns die Tür von innen zu öffnen. Jetzt begriff er es. Ein Leuchten huschte über sein Gesicht, mit der flachen Hand schlug er sich an die Stirn, um nach oben zu enteilen, da er dummerweise den Schlüssel nicht bei sich trug.

Immerhin, wir kamen rein, und dann gingen mir die Augen über, als mir die beiden zeigten, was sie für ihren zweiwöchigen Urlaub alles zurechtgestellt hatten. Das sah eher nach einem Umzug aus. Nun gut, so ein VW-Bus schluckt einiges, wenn auch zum Schluss lediglich Sitzplätze für meine Frau und mich verblieben.

Das sei aber gar nicht weiter schlimm, versicherte mir Heino aufbauend: „Ein Freund bringt uns morgen früh nach Travemünde. Ihr könnt ohne uns losfahren, das bisschen Gepäck, was wir noch haben, packen wir in dessen Wagen. An der Fähre sehen wir weiter." Damit hatte er in gewisser Weise Recht. Wir sahen tatsächlich einiges und weiter, und das ließ mich das erste Mal an seinem Verstand zweifeln.

Ein ausgebildeter Handwerker hat gelernt, in Maßeinheiten zu denken, also zum Beispiel in Zentimetern oder Millimetern. Mit einem Blick schätzt er Abstände, Längen, Breiten und Höhen ziemlich genau ab. Auch das konnte man von dem Metallbauer Heino erwarten. Heino überraschte uns vor der Fähre mit seinem „bisschen Gepäck" in Gestalt eines riesigen Überseekoffers, den beide als einmaligen Gelegenheitskauf außerordentlich günstig in einem India-Shop erstanden hatten. Dass dieses Ungetüm keiner haben wollte, konnte ich mir problemlos vorstellen, und dass dieser Schrankkoffer kaum in unseren Wagen passte, hätte Heino spätestens am Tag des Beladens erkennen müssen.

Mit dem Koffer in unserem Bus reduzierte sich die Anzahl der Sitzplätze schlagartig auf nur noch einen einzigen, und zwar meinen als Fahrer. Fassungslos fuhr ich auf die

Fähre, neben mir auf dem Beifahrersitz der Riesenkoffer. Die anderen drei konnten zu Fuß auf das Schiff gehen. In dem Fährhafen Rønne auf Bornholm angelegt, steuerte ich unser Womo wieder allein von Bord und durch den Zoll. Der dänische Beamte traute seinen Augen nicht, als er den vollgepackten Bus erblickte, so etwas sah er nicht jeden Tag. Mein Verständnis hatte er. „Du er købmand? Bist du Kaufmann?", fragte er verdattert. – „Nein, ich habe das Gepäck für vier Personen im Wagen, Campingurlaub." Der Beamte staunte immer noch nicht schlecht, eine Kontrolle würde sich für ihn ziemlich aufwendig gestalten. Er hatte Humor und sah es gelassen: „Das sieht aber nach einem Urlaub von einem Jahr mindestens aus." Er lachte, wünschte mir einen guten Aufenthalt und ließ mich passieren.

Rønne war nicht unser Urlaubsort, sondern Dueodde mit einem Zeltplatz direkt am langen, weißen Sandstrand, immerhin circa dreißig Kilometer entfernt. Angemeldet waren wir bereits. Also wurde erst einmal das Kofferungetüm am Fährhafen rausgewuchtet, um Platz für Heino zu schaffen. Wir beide wollten vorfahren, das Gepäck ausladen, und in der Zeit, in der ich unsere in Rønne wartenden Frauen abholte, sollte Heino das Zelt aufbauen. Einen gewissen Zeitdruck gab es zudem, denn es dunkelte bereits. Der Plan schien durchdacht. Wir hatten aber nicht mit Heinos Kapriolen gerechnet oder etwas anders formuliert, mit seinen Ein- und Ausfällen.

Zunächst lief es wie am Schnürchen. Die ausgesprochen freundliche Inhaberin des Zeltplatzes wies uns zwei zusammenhängende geräumige Plätze an, entfernt von dem Waschhaus. „Sehr ruhig habt ihr es dort, und zum Strand ist es auch kürzer!" Das stimmte und überhaupt machte der Platz einen Supereindruck auf uns: ein gro-ßes, liebevoll gepflegtes Areal, vereinzelt mit Kiefern und anderen Nadelbäumen bestanden. Genau der richtige Ort, um sich zu entspannen und neue Kraft zu tanken. Heino war auch ganz glücklich und machte sich beim Entladen nützlich, aber nicht lange, er müsste mal drin-gend zum Waschhaus. Anschließend sah ich ihn nicht mehr. Das konnte ja wohl nicht wahr sein!

Auf Annes und Heinos Platz türmte sich das Gepäck, und wer nicht da war, um das Zelt schleunigst aufzubauen, war Heino. In dem Waschhaus, in den Toiletten war er nicht. Ich rief nach ihm – ziemlich lächerlich auf dem großen Platz –, die Leute sahen mich fragend an. Helfen wollten sie, meinen kleinen, weggelaufenen Sohn zu su-chen. Nein, nein, nicht mein kleiner Junge! Heino blieb verschwunden. Langsam kam Zorn in mir auf, irgendwie ahnte ich, dass er sich in der Dunkelheit verlaufen hatte, und genauso war es. Ich fand ihn kopflos über den Platz irrend. Selbstverständlich wusste er, dass unsere Frauen warteten, entsprechend peinlich war es ihm.

Zerknirscht machte er sich an das Aufbauen des Steil-wandzeltes. Hilflos hielt er das Gestänge in der Hand, leuchtete mit der Taschenlampe auf die Anleitung und wusste nicht, wo vorne und hinten war. Ihm fehlte die patente Anne. Auch das noch! In solch einer Situation heißt es ruhig bleiben, auch wenn man platzen möchte.

Also half ich ihm, das Gerüst zusammenzustecken und verließ mit dem Wagen eiligst den Campingplatz. Dass sich unsere Frauen bereits Sorgen um uns machten, muss ich sicherlich nicht ausführen. Ziemlich frustriert saßen sie seit Stunden frierend auf einer Bank im Hafen von Rønne, vor ihnen ein schwarzes Kofferungetüm. Heilfroh waren sie, als ich endlich kam, um sie zu holen. Das war unser erster Tag auf Bornholm.

In komprimierter Form möchte ich Ihnen die nächsten Erlebnisse mit Heino schildern. Morgens brauchte er grundsätzlich sehr lange, bis er soweit war und wir über die Dünen zum Strand gehen konnten. Ihm saß die lähmende Angst im Nacken, etwas vergessen zu haben. Anne ertrug es mit einer Engelsgeduld. Sie muss ihn wirklich geliebt haben. Wollten wir uns zu einer größeren Tour auf die Räder schwingen, steckte er zuvor den Kopf aus dem Zelt und studierte eingehend die Wolkenbildung. Entsprechend seiner Einschätzung wählte Heino die Bekleidung. Dies war jedoch erst der Anfang, denn fast immer missfiel ihm seine textile Entscheidung, entweder war ihm zu heiß oder zu kühl. Hastig verschwand er ins Zeltinnere. Seine unfreiwillige Vorstellung mit uns als seinen wartenden Zuschauern umfasste gut und gerne drei Akte, manchmal auch mehr. Einmal vergaß er nach seiner Ankleidezeremonie den Fotoapparat. Zu spät bemerkte er es und schimpfte anklagend: „Kein Wunder, wenn man sich so hetzen muss!"

Als seine Taschenlampe nicht mehr brannte, überlegte er ernsthaft, eine neue Birne zu kaufen. Anne brachte ihn in aller Seelenruhe auf die naheliegende Idee, dass vermutlich die Batterien nach dem langen Gebrauch einfach leer seien.

Ein junger Däne hatte Lust, uns in seinem kleinen Fischerboot auf die Ostsee rauszufahren, um nach Dorsch zu pilken. Viel Geld wollte er dafür nicht. Heino war von der Idee, auf Dorschfang zu gehen, sehr angetan. Geangelt hatte er schon, aber noch nie nur mit einer Angelleine, die mit einem glänzenden Metallköder nebst Haken bestückt war und die man im Wasser leicht anzog und wieder runterließ.

Für den Dorschfang ist das kühle Wasser entscheidend, das heißt, wir mussten richtiggehend in See stechen. In Strandnähe gibt es keinen Dorsch. Anne ermunterte ihren Heino, mit ordentlich viel Fisch wiederzukehren. Sie träumte schon von einem zünftigen Grillabend mit filetiertem Fisch auf dem Feuer.

Daraus wurde beinahe nichts, denn durch seine tollpatschige Art ins Boot zu steigen, hätte er uns vermutlich schon im Hafen von Snogebæk versenkt, wenn ihn nicht Erik, der junge Däne, geistesgegenwärtig ins Boot auf die Bank geschubst hätte. Eriks geringschätzigen Blick über Heinos motorische Fähigkeiten hab ich noch heute im Gedächtnis, gesagt hat er aber nichts. Fast überflüssig zu erwähnen, dass es Heino auf einer der nächsten Bootsfahrten gelang, alle ausgeworfenen Leinen so miteinander zu vertüdern, dass wir auf hoher See längere Zeit damit beschäftigt waren, sie zu entwirren. Die Fische wird es gefreut haben. Auch diesmal sagte Erik nichts, sondern pulte wortlos die Leinen auseinander. Heino ließ er vorsichtshalber da nicht ran.

Ich denke, Sie können sich jetzt bestimmt ein Bild von ihm machen, weitere absonderliche Begebenheiten mit Heino brauche ich wohl nicht zu schildern. Aber eine Angelegenheit möchte ich nicht verschweigen, sie setzt Heino in ein völlig anderes Licht, und wahrscheinlich war sie viel bedeutsamer als ich dachte.

Heino wusste, dass ich gern Schach spielte. Er bat mich, ihm die Regeln und ein paar Grundzüge beizubringen. Als blutiger Anfänger hatte er logischerweise zunächst keine Chance gegen mich. Rasch kam es jedoch zu spannenden und aufregenden Duellen auf dem Brett. Heino lernte verblüffend schnell, erkannte gar nicht so selten die Absicht meiner Züge, offenbarte strategische Fähigkeiten und setzte mich sogar mehrfach matt – sehr zur Freude seiner Ehefrau, die nun auch mal einen Grund sah, auf ihren Heino stolz zu sein. Ansonsten blieb er jedoch dem Verhalten eines zeitweilig geistig abwesenden und ungeschickten jungen Mannes treu. Es wird von daher niemanden verwundern, dass der gemeinsame Urlaub mit Heino der erste und letzte war. Wir verloren uns zunächst aus den Augen.

Unerwartet luden uns Anne und Heino einige Jahre später zu sich nach Hause ein. Am Rande Hamburgs hatten sie ein großes, repräsentatives Haus erworben. Ihr neues Heim war beeindruckend, gekauft aus Heinos

Einkommen. Anne arbeitete nicht mehr, kümmerte sich um ihr kleines Kind und las ihrem Heino die Wünsche von den Augen ab. Heino verdiente inzwischen viel Geld als Immobilienkaufmann. In kürzester Zeit hatte er eine beeindruckende Karriere hingelegt. Wie mir Heino versonnen lächelnd erklärte, hätte ihn sein Chef auch deswegen genommen, weil er jedem den Eindruck vermittele, keinen über den Tisch ziehen zu können. Heino war über sich hinausgewachsen. Irgendeinen Knoten hatte er zum Platzen gebracht. Souverän und ernsthaft versicherte er uns: „Gerade in meinem Geschäft zahlt sich Seriosität und Kompetenz aus. Ohne die geht es nicht, willst du am Markt bestehen."

Keiner würde glauben, dass es der kopflose Heino von Bornholm war, ich auch nicht, wenn ich es nicht erlebt hätte.

Im ewigen Eis

G ünti, schau mal!" Was das zu bedeuten hat, weiß ich
ganz genau, vor allem, wenn meine Frau mich dabei
so zärtlich und liebevoll ansieht und mächtig Vorfreude
auf ihren Gesichtszügen liegt. Sie hat dann irgend etwas
Tolles entdeckt und beabsichtigt, mich da reinzuziehen,
und natürlich soll ich mich nicht verweigern. „Schau mal,
das können wir doch auch machen." In den Händen hielt
sie eine aufgeschlagene Illustrierte und deutete begeistert
auf eine Seite mit märchenhaft schönen Winterfotos.

Die Fotos zeigten lauter fröhliche, sich zuprostende, mol-
lig warm angezogene Menschen, versammelt vor einer
Eisbar, die sie gemeinschaftlich aus den Schneemassen
gebaut hatten. Nicht weit von ihnen standen Wohnwagen mit Wintervorzelten und vereinzelt ein paar Wohnmobile. Langlaufskier steckten im Schnee, die Skistöcke
daneben. Der Schnee glitzerte im Sonnenlicht, malerisch
lag er auf den Zweigen des nahen Tannenwaldes. Wintercamping mit dem Wohnmobil! Das war es, was meine
Frau lockte.

Nun bin ich als gelernter Kaufmann beim Ansehen solch
prächtiger Fotos immer etwas skeptisch. Der schöne
Schein und die Wirklichkeit liegen manchmal sehr weit
auseinander. Der Journalist beschrieb jedoch das Wintercamping sachlich und informativ. Im Anhang fanden
wir eine Liste mit Campingplätzen, die sich extra auf die
besonderen Bedürfnisse der Camper eingestellt hatten.

Angeboten wurden nicht nur moderne und geheizte Sanitäreinrichtungen, sondern auch Trockenräume für feuchte Winterkleidung und urgemütliche Stuben zum Aufwärmen und geselligen Beisammensein. Einige Plätze warben sogar mit einer Sauna. Zum Abkühlen wurde empfohlen, rauszusprinten und sich unter Freudengeschrei im hohen, weißen Schnee zu wälzen. Auf das letztere war ich gern bereit zu verzichten, alles andere hingegen hörte sich sehr gut an.

Im Herbst 1976 hatten wir einen werksneuen Campingbus der Marke Westfalia gekauft, er war erst ein paar Wochen alt und bisher viel zu wenig genutzt. Die Gelegenheit, ihn jetzt für unseren Weihnachtsurlaub einzusetzen, erschien naheliegend. Ausgestattet war er mit allem, was man nach dem Artikel benötigte: leistungsfähige Gasheizung, natürlich Außensteckdose, innenliegenden, damit frostsicheren Wassertank und Chemietoilette. Platz für zwei Personen bot er unserer Meinung nach auch genug. Außerdem wollten wir tagsüber raus, die herrliche weiße Winterwelt auf den Skiern erleben und genießen.

Der Gedanke, unseren Bus als Skihütte einzusetzen, begeisterte auch mich, also fuhren wir vor Weihnachten los zum Wintercamping im Fichtelgebirge. Wir hatten zwar keine Ahnung vom Langlaufen, aber in der Illustrierten stand der schöne Satz: „Langlauf ist die natürlichste Sache der Welt. Wer seine Füße voreinander setzen kann, kann auch langlaufen." Also, daran sollte es nicht scheitern! Unser Winterurlaub konnte kommen.

Unsere Freude wurde immer größer, je mehr wir uns abends dem ausgesuchten Campingplatz „Fichtelberg" näherten. Meterhoch türmte sich an den Straßen der geräumte Schnee. Der gerade eröffnete Platz ließ keine Wünsche offen, gesäumt von einem Schnee bedeckten Tannenwald, nahe einem zugefrorenen See, dem Fichtelsee. Wir waren in der Wunderwelt von Schnee und Eis angekommen.

Der Eigentümer persönlich geleitete uns zu unserem großzügigen, natürlich auch vom Schnee befreiten Stellplatz mit eigenem Stromanschluss. Die Stromleitung war hoch abgesichert, einen Heizlüfter konnten wir zusätzlich laufen lassen, falls es nötig sein sollte. Die modernen, beheizten Sanitäranlagen sowie ein liebevoll eingerichteter Aufenthaltsraum überzeugten ebenfalls, alles vom Feinsten. Kein Wunder, dass auch andere Gäste den Platz für sich entdeckt hatten. Die meisten waren Besitzer von Wohnwagen. Ein paar Wohnmobilisten hatten sich auch eingefunden. In bester Urlaubslaune hießen sie uns willkommen: „Toll, dass auch Hamburger hier sind. Haben Sie keine Skier mit? Na, die können Sie gleich im Ort leihen oder noch besser kaufen. Was meinen Sie, wie schön das ist, direkt vom Platz auf die Loipe. Am besten vor'm Frühstück, dann schmeckt's anschließend noch mal so gut." Ja, hier waren wir richtig. Die Fotos in der Illustrierten hatten nicht gelogen.

Man muss mir zugute halten, dass ich von unserem Westfalia-Bus und seiner Dämmung absolut überzeugt war. Das Problem war jedoch, er hatte keine. Wir besaßen zweifellos einen schön ausgebauten, mit einem Aufstelldach versehenen VW-Bus, für Wintercamping mit Nachttemperaturen von einmal sogar minus zwanzig Grad war dieser Wagen aber nun wirklich nicht konstruiert.

Das merkten wir dann auch sofort in der ersten Nacht, als wir noch oben unter dem geöffneten Aufstelldach schlafen wollten. Unsere hervorragenden Kapuzenschlafsäcke nützten uns wenig, eisige Luft zog an unseren Köpfen vorbei, der Atem gefror sofort an der Zeltleinwand des aufgestellten Daches. Zunächst hielten wir das noch für Winterromantik, das gab sich aber ganz schnell. Mit Mühe und Not bekamen wir beim Einklappen die vom Frost steif gewordene, brettige Zeltleinwand unter das Dach geschoben. Beide Heizungen liefen auf Hochtouren, wir schlugen unser Bett eine Etage tiefer auf. Das bedeutete zwangsläufig, dass ein Teil des Gepäcks nach vorne auf die Sitze gestellt werden musste. Jetzt wurde es eng im Wagen, immerhin aber deutlich wärmer.

Als uns am nächsten Morgen der Platzbesitzer teilnahmsvoll fragte, wie es uns denn ginge, wusste ich, der hatte den deutlich besseren Durchblick als wir beide, aber wir ließen uns nichts anmerken. Wir waren jung, aufgeben lag nicht drin. Tagsüber schien die Sonne, es war sehr angenehm, richtiges Wetter für die Loipe. Skier waren schnell gekauft. Ein älterer, kompetent wirkender Verkäufer riet uns zu Skiern mit Schuppen, da entfalle das Wachsen, für Laien immer die bessere Lösung. Sozusagen als Zugabe erklärte er sich gern bereit, uns in die Kunst des Langlaufens einzuweisen, das sei alles ein Kinderspiel beteuerte er.

So ganz aber doch nicht, vor allem meine Frau glitt mit den Skiern eher nach hinten als nach vorn. Bei leichten Anhöhen kann das einem schon mal schnell den Spaß verderben. Der Verkäufer verabschiedete sich bald. Aufbauende und ermunternde Worte gab er uns für die weiteren Versuche auf den Weg: „Das sieht doch schon recht gut aus, der Rest kommt bestimmt!", und ward fortan nicht mehr gesehen. Wir hatten Ehrgeiz, und da es in diesem Gebiet wenig Steigungen gab, bändigten wir die Skier und kamen zu noch recht erbaulichen Wanderungen. Unbestreitbar eine beachtliche Leistung, wie uns später im Bayerischen Wald unser Skilehrer aus Zwiesel versicherte, denn die Skier taugten überhaupt nichts. Er empfahl, sie schleunigst zu entsorgen, was wir auch taten.

Waren wir draußen im Schnee, stimmte die Welt. Dies konnte man aber nicht für unsere Aufenthalte im Campingbus behaupten. Wir hatten ein Riesenproblem: Unsere Ausdünstungen schlugen sich als Eis im Wageninneren nieder. Tagsüber taute es vor allem an den Scheiben. Kondenswasser lief an ihnen und den unverkleideten Blechen runter, um in der Nacht ein noch dickeres Eis zu bilden. Mit Decken um uns geschlungen, die Heizung so hoch eingestellt wie nur möglich, verbrachten wir die Abende in unserem Camper.

Auf einem separaten Tischchen stand im Topf ein kleiner, von meiner Frau liebevoll geschmückter Tannenbaum. Weiße Kerzen, goldschimmernde Sterne ließen uns an Weihnachten und Frieden auf Erden denken, aber auch daran, dass es abends zu Hause gemütlicher gewesen wäre. Aber zeitweise hob das im festlichen Glanz strahlende Bäumchen unsere Stimmung, und praktischerweise sorgten die brennenden Kerzen auch noch für zusätzliche Wärme.

Ich begriff, was man unter Permafrost zu verstehen hatte. Wenn ich die Sitzbank lüftete, konnte ich ihn – den Permafrost – sogar tagsüber betrachten. In dem Staufach glitzerte heimtückisch die weiße Pracht, ähnlich wie in einer schlecht gewarteten Tiefkühltruhe. Wir entschlossen uns, die Sitzbank in Zukunft nicht mehr zu öffnen. Der Anblick war einfach zu deprimierend.

Kleinigkeiten führten zu Konflikten, die Beengtheit bewirkte zusätzliche Übellaunigkeit. Das abgesenkte Dach verhinderte sich aufzurichten. Auf kleinstem Raum verbrachten wir unsere Abende und Nächte, umgeben von vereisten Blechen und Scheiben. Aus der Traum von einer gemütlichen Skihütte auf Rädern! Nicht nur einmal befanden wir uns am Rande eines Zellenkollers. Aber wir hielten durch.

Von dem Wintercamping sind wir gänzlich abgekommen, von dem Langlaufen aber nicht. Als Unterkünfte haben wir große Ferienwohnungen gewählt. Wintercamping

kann ein Vergnügen sein, aber dann bitte mit einem ge-eigneten Fahrzeug.

Heute denke ich, es war ein erfolgreicher, wenn auch unfreiwilliger Härtetest. Sinngemäß urteilte schmun-zelnd ein guter Freund: „Das war eure Feuerprobe, nein, eigentlich eure Eisprobe. Ich hätte bestimmt in der ers-ten Nacht meine Sachen gepackt und wäre abgehauen!" Unsere Liebe und Zuneigung haben wir uns bewiesen, denn ohne sie wären wir uns sonst an die Gurgel ge-gangen. Wir waren gerade ein Jahr verheiratet. Dieser gemeinsame Winterurlaub ließ in mir die Überzeugung wachsen, dass unsere Ehe eine gute Chance besäße, noch ganz andere Prüfungen zu bestehen.

Der schöne, bunte Zeitschriftenartikel über die ein-zigartige Welt des Wintercampings hat wahrlich mehr bewirkt, als es der Verfasser beabsichtigt haben kann. Ganz bestimmt schwebte ihm nicht ein Ehe- oder Part-nerschaftstest „im ewigen Eis" vor, oder wir haben diese Zeilen in winterlicher Vorfreude glatt übersehen.

Bei Sofia unterm Wasserhahn

Wann sind wir da?", das kennen Sie und mit Sicherheit die noch etwas bessere Variante: „Sind wir bald da?" Mit Ihrem Kind oder Ihren Kindern sind Sie noch gar nicht so lange unterwegs, und diese Fragen kommen unter Garantie.

Das ändert aber nichts daran, dass es meiner Frau und mir große Freude bereitet hat, mit unseren drei Kindern im Wohnmobil auf große Fahrt zu gehen, und wir diese Fragerei als natürlich, kindgegeben ansahen. Die Reisen mit den Kindern im Wohnmobil, die Urlaube in fernen, südlichen Ländern, die wir meist erst nach vier bis fünf Tagen erreichten, gehören zu den Höhepunkten unseres Lebens.

Unsere Kinder sind inzwischen erwachsen und gehen ihre eigenen Wege, ein Wohnmobil haben wir noch. Starten wir beiden Altchen in den Urlaub, vermisse ich meine Kinder, ihre erwartungsvollen Blicke, ihre Aufgeregtheit und auch ihre nervigen Fragen. Meistens saß ich am Steuer, Tausende von Kilometern sind in einer Ferienzeit zusammengekommen. Wurde uns die Quengelei zu viel, legten wir Pausen auf Rastplätzen ein. An den Autobahnen in Frankreich zum Beispiel gibt es schöne Picknickplätze, vielfach mit tollen Spielgeräten. Für Unterhaltung während der Fahrt sorgten Kinderkassetten oder meine Frau las ihnen aus ihren Lieblingsbüchern vor. Zur Abwechslung beschäftigten sie sich auch mal selbst oder schliefen, die Puppe, den Teddy im Arm. Das Brummen des Motors, die Fahrgeräusche waren das beste Schlafmittel für die Kleinen.

Je älter die Kinder wurden, um so mehr genossen sie die Fahrt als Teil der Ferien, voller Vorfreude auf die herrlichen Dinge, die da kommen sollten. Ich darf aus dem damaligen Tagebuch meiner ältesten Tochter zitieren:

„Gleich fahren wir los, ab nach Griechenland. Ich freue mich riesig. Papa steht noch unter der Dusche. Meine Sachen habe ich schon gestern gepackt. Bald, in etwa fünf Tagen, sind wir in Griechenland. Wir können schwimmen, schnorcheln, am Strand liegen... Es wird bestimmt schön werden. Ganz sicher! Vielleicht sehen wir wieder Delphine. Hoffentlich! Oh, ich freue mich, oh, ich freue mich so gründlich, so gründlich wie noch nie. Juchhuuuuu, Griechenland, ich komme!"

Der Ausdruck solch froher, enthusiastischer Stimmung ließ uns locker manch nervtötende Angelegenheit während der Fahrt ertragen. Sie werden mir beipflichten, Kinder ticken anders. Mir scheint, Erwachsene haben nicht selten ihre persönliche und einzigartige Erfahrungswelt als Kind verdrängt. Sie haben sie quasi abgelegt und scheinen nicht mehr zu wissen, was für sie damals wichtig war und ihnen Freude bereitete. Kinder leben nun mal mehr im Augenblick, das heißt nicht, dass sie sich nicht auf zukünftige Ereignisse einstellen können, aber je kleiner sie sind, um so mehr überwiegt für sie der Moment. Ist mit ihm etwas Ärgerliches, Unangenehmes verbunden, werden sie es deutlich und für unsere Empfindung überzogen und meist zu laut zeigen. Aber sie schenken uns mit ihrer Art des Erlebens, Sehens und Begreifens enorm viel.

Durch die Kinder wurden wir beide noch einmal jung. Ich machte Dinge, die ein Erwachsener nur tut, wenn er das Glück hat, für Kinder sorgen zu dürfen.

An den Stränden mit Kindern zu buddeln, ist vor allem für Väter eine Rückkehr in die eigene Kindheit: Häfen werden angelegt, Schutzdämme gegen die anrollenden Wassermassen aufgeschüttet, hohe, massive Burgen gebaut und Brücken mit Holz konstruiert. Mit Freude und Hingabe knien sie hoch konzentriert vor ihren Bauwerken und matschen mit Sand und Wasser rum. In kleinen, bunten Plastikeimern schleppen sie nassen Sand heran. Alte, längst vergangene Kindheitstage stehen auf. Die gerade wieder jung gewordenen Väter sind oftmals mit ihrem Nachwuchs so stark bei der Sache, dass sie ganz vergessen, sich selbst ordentlich einzucremen. Krebsrot auf dem Rücken tragen sie einen kräftigen Sonnenbrand davon, für einen erwachsenen Mann eigentlich sehr unvernünftig.

Abends entfachten wir ein kleines Lagerfeuer. Gemeinsam mit den Kindern stapelten wir vom Meer ans Ufer geschwemmte Holzstücke, zogen Balken heran, warfen sie ins Feuer oder schoben sie hinein. Wie die Steinzeitmenschen suchten wir am nächtlichen Feuer Schutz und Geborgenheit und bereiteten auf ihm Essen zu. Unser

Ältester betätigte sich gewissenhaft als Feuerlöscher und achtete auf das sorgfältige Abdecken der Glut mit einer hohen Sandschicht, damit keiner Schaden nähme.

Im Stadion von Olympia legten mein Sohn und ich unter der glühenden Sonne einen mordsgewaltigen Sprint auf der hundertzweiundneunzig Meter langen antiken Laufbahn hin – völlig bekloppt, wir waren auch die einzigen! Aber die wenigen Besucher haben geklatscht, und wir beide hatten die Vision, in einer olympischen Disziplin vor den Tribünengästen des damaligen Griechenlands zu laufen. Es war unser Tribut an die Geschichte und bescherte uns ein einzigartiges Hochgefühl. Ohne meine Kinder wäre ich nie auf die Idee gekommen, aus dem Schatten in die gleißende Sonne hinauszutreten, mich an die noch erhaltenen Startschwellen zu stellen und halbnackt die Laufbahn entlangzuhecheln, und wenn ich es recht erinnere, war mein Sohn bei diesem Wettkampf auch noch schneller als ich.

Manchmal fanden wir Stellplätze in abgelegenen Buchten. Das Stehen mit einem Wohnmobil war gegen Bezahlung zwar erlaubt, es gab jedoch häufig keine nahe Lebensmittelversorgung. Für solche Fälle wäre ein Moped oder ein Motorroller gut. So etwas führen auch einige Camper mit sich. Wir nicht, aber wir hatten etwas Besseres, nämlich unser Klepper-Faltboot. Schon in der Antike wurde in Griechenland das Boot als Transportmittel genutzt. Die Küste ist sehr zerklüftet, die Straßen sind bergig, eng, tagsüber sehr heiß und fast immer länger als der Wasserweg.

Die Kinder konnten es gar nicht erwarten, mit dem Boot zum nächsten Ort zu paddeln, um dort einzukaufen. Oft ließ sich sogar die Besegelung einsetzen. Mit der Kraft des Windes nahmen wir Kurs auf den Hafen der nahegelegenen Ortschaft. Das Betreten der kleinen Dorfläden glich dem Einstieg in eine fremde Welt. Jeder Platz, jeder Winkel war genutzt, um so viele Güter wie nur möglich anzubieten. Zum Durchqueren des Geschäfts verblieb nur ein langer, schmaler Gang. Bis zur Decke stapelten sich unterschiedlichste Waren, die Regale prall gefüllt mit Dingen des täglichen Lebens, nicht alle kannten wir.

Ein Duftsammelsurium unglaublicher Intensität und Spannbreite schlug uns entgegen und forderte den Geruchssinn in bisher nie erlebter Weise. In unsere Nasen stieg der strenge, beißende Geruch von Mottenkugeln vereint mit dem Aroma von Zitrusfrüchten, angereichert mit dem Duft von frischem Brot, leckerem Käse und besonderen Wurstwaren. So etwas gibt es nicht in Deutschland, absolut einzigartig. Darüber bin ich mir mit meinen Kindern einig.

Gut und freundlich wurden wir von den Inhabern bedient, die immer wissen wollten, wo wir herkämen. „Hamburg" war stets ein Begriff, begleitet von vielen „Achs" und „Ohs", weil wir den Weg zu ihnen fern aus dem hohen Norden gefunden hatten. Unsere Einkäufe verstauten wir in wasserdichten Packsäcken, und zurück ging es an der Küste entlang zu unserem Lager. Einmal frischte der Wind so heftig und böig auf, dass ich nur noch mit Müh und Not die Fock und das Hauptsegel runterbekam. Zum Kentern hätte nicht viel gefehlt, und wir wären samt den Lebensmitteln ins Wasser gefallen. Unsere Jüngste saß mit mir im Boot, gesagt hat sie nicht viel, aber um so mehr als sie bei ihren Geschwistern wieder an Land war und festen Boden unter den Füßen spürte.

Ich war schon um die Fünfzig, als meine Kinder am Kieselstrand von Elea auf der Peloponnes nicht nur das Gerippe eines Wales entdeckten, sondern etwas mindestens so Aufregendes, nämlich einen Fluss, der zum Meer hin eine große Sanddüne aufgeschwemmt hatte. Und was machte meine Dreierbande? Die drei sahen sich nur kurz an, verstanden sich spontan ohne Worte und erklommen unter großem Jubelgeschrei die hohe Düne. Oben angekommen legten sie sich flach hin und rollten jauchzend hinunter in das kühle Süßwasser. Ja, und was dann passierte, ahnen Sie vielleicht: Ich rollte hinter ihnen her! Ein Wahnsinnsvergnügen, auf dem warmen Sand kullerten wir steil hinunter, überall Sand: auf der Haut, in den Haaren. Im Fluss untertauchen, fast alles war weg, und es ging wieder von vorne los! Kinder wissen manchmal sehr genau, was gut ist, und ich hatte das Gefühl, einen Zipfel vom Himmel erwischt zu haben.

Wenn Sie blaues Meer mit tiefgrünen Kiefernwäldern bis hinunter an den herrlichen Sandstrand suchen, dann sind Sie auf der Halbinsel Sithonia richtig. Auf ihr fanden wir einen kleinen, gerade im Aufbau befindlichen Zeltplatz. Komfort bot er nicht, Toiletten existierten, Warmwasseranschlüsse aber nicht. Die Sonne erwärmte die offen liegenden, dunklen Wasserleitungen, es musste also keiner kalt duschen. Wir hätten diesen Platz beinahe übersehen, auf einem klapprigen Stuhl hatte jemand ein handbeschriebenes Pappschild befestigt, darauf stand auf Deutsch „Zeltplatz". Sofia war die stolze Eigentümerin, die uns gleich ansprach und zu einem traumhaften Stellplatz direkt an einer Sanddüne geleitete, die flach abfallend ans Mittelmeer reichte.

Begeistert nahmen wir den angebotenen Platz in Beschlag. Mit unserem Womo standen wir wie auf einer großen, höhergelegten Terrasse mit unverbaubaren Blick auf das blaue, vom Wind leicht gekräuselte Mittelmeer. Die Markise am Wagen wurde mit einer zusätzlichen Plane deutlich vergrößert. Für ausreichend Schatten hatte ich somit gesorgt, der je nach Sonnenstand sogar noch für das kleine Hauszelt der Kinder reichte. Wem es zu heiß wurde, der sprang in das direkt vor der Tür liegende Nass. Sofia bot in ihrer Kühltruhe Erfrischungsgetränke und abgepacktes Eis an. In der Nähe kümmerte sich eine griechische Familie um das Wohl der Gäste. Inmitten eines Apfelsinenhains lag ihre Taverne, zu der es uns abends häufig hinzog. Wir hatten alles, was wir brauchten. Ein kleiner Laden mit Lebensmitteln, wunderbar reifem Gemüse und Früchten war gut zu Fuß zu erreichen. Wenn wir wollten, konnten wir am Strand entlanglaufen, Schildkröten in einem nahen Sumpf beobachten oder im Wasser toben.

Auf dem Gemüt unserer Kleinsten schien trotz allem ein Schatten zu liegen, irgendetwas beschäftigte sie. Für dumm wollte sie nicht gehalten werden, sie zierte sich, uns ihr Problem anzuvertrauen. Schließlich fasste sie sich aber doch ein Herz: „Wie finden wir eigentlich nach Hause zurück?" Das war ihr Problem, für sie waren wir so unvorstellbar weit von Hamburg entfernt, dass sie sich trotz der vielen Schönheiten fragte, ob wir jemals wieder zurückkämen. Als ich ihr erklärte, wir hätten eine Karte, strahlte sie mich sichtlich erleichtert an, all die Besorgnis war wie weggeblasen. Meine älteste Tochter beruhigte sie noch zusätzlich: „Und Mama kann die Karte lesen!"

Na, dann konnte ja wohl nichts mehr schief gehen! Froh hüpfte sie zum nächsten Wasserhahn, setzte sich – klein wie sie war – darunter, und nachdem sich das kühle, frische Wasser über sie ergoss, gab sie aus tiefster Seele ihren Gefühlen Ausdruck: „Ich wusste gar nicht, dass Griechenland soooo schön ist!"

Die Irren haben Vorfahrt

Überschlägig berechnet bin ich bisher eine halbe Million Kilometer mit dem Auto gefahren, sowohl mit dem Pkw als auch mit dem Wohnmobil. Davon sind viele Kilometer in Skandinavien und in Südeuropa zusammengekommen. Ich werde vermutlich keinen überraschen, wenn ich behaupte, in Deutschland und Skandinavien ist die Mentalität, Verkehrsregeln zu beachten, ziemlich gleich ausgeprägt. Nicht immer, aber fast immer kann man sich darauf verlassen, dass die Straßenverkehrsordnung befolgt wird.

Ich will keine Stereotypen bedienen, aber es stimmt, die Verhältnisse in Südeuropa sind grundlegend anders. Nicht nur einmal hatte ich den Eindruck, der so ziemlich einzig Normale unter lauter Irren auf der Straße zu sein. Je südlicher, desto flexibler werden die Verkehrsschilder interpretiert. Sie scheinen mehr einen empfehlenden Charakter zu besitzen oder der Dekoration am Straßenrand zu dienen. Wer sich an sie hält, wird bald zum Verkehrshindernis.

Stoppschilder richten sich an Anfänger. Der Fortgeschrittene brettert von links oder rechts rauf auf die Vorfahrtsstraße, getreu dem festen Vorsatz, die anderen sollten auch mal bremsen. Die Polizei in diesen Ländern könnte einen üppigen Beitrag zur Sanierung der Staatshaushalte leisten. Es gäbe viel zu kassieren. Immerhin ist es den Gesetzeshütern mit unerbittlicher Härte gelungen, dem Ampellicht in den allermeisten Fällen Geltung zu verschaffen.

Die Italiener haben zu den sogenannten Irren tatsächlich ein ganz anderes Verhältnis. Man tut gut daran, dies zu wissen, und in einem ähnlichen Sinne scheint das auch für die anderen südlichen Länder zu gelten. Wie ist es sonst zu erklären, dass der zweifellos große Psychiater Franco Basaglia das italienische Parlament überzeugen konnte, die geschlossenen Irrenanstalten abzuschaffen? Am 13. Mai 1978 wurde erstmals in Europa durch den Gesetzgeber eine Reform der Psychiatrie verabschiedet, welche unter anderem die bahnbrechende Auflösung der Irrenanstalten verfügte und den Begriff „geisteskrank" im Strafgesetzbuch aufhob. Am Rande sei bemerkt, es war auch Franco Basaglia, der seine Zeitgenossen auf die durchaus reale Möglichkeit hinwies, die als „normal" Bezeichneten könnten die wirklich Kranken sein.

Meine Frau und ich trauten unseren Augen nicht, als wir im Womo auf der engen und kurvenreichen Autobahn Richtung Genua fuhren. Der Fahrer eines betagten Fiat 500, der mit seinem Auto selten über die hundert Stundenkilometer kam, verhinderte erfolgreich jedes Überholmanöver. Vergnügt saß ein älterer Herr am Steuer seines Kleinwagens, offensichtlich befand er sich in einem erbaulichen und anregenden Gespräch mit seiner besseren Hälfte auf dem Beifahrersitz.

Vor geraumer Zeit dürfte er sich entschieden haben, die Kurven auf der Autostrada weitgehend zu ignorieren.

Sie haben ihn wohl genervt. Jetzt war er auf der Suche nach der Ideallinie und erpicht darauf, sie zu finden. Folgerichtig legte er eine nahezu gerade Abschussfahrt hin und wedelte mit seinem fahrbaren Untersatz von Spur zu Spur – und alle ließen ihn. Dieser Mann war erkennbar so verrückt, dass es keiner wagte, ihn zu überholen. Es wurde nicht einmal gehupt. Auf längerer, gerader Strecke pendelte er auf die rechte Fahrbahn und bot jedem die Gelegenheit, an ihm vorbeizufahren. Ich möchte nicht wissen, was deutsche Autofahrer mit dem angestellt hätten und will mir auch nicht mögliche Folgen ausmalen.

Jeder, der schon einmal im Süden auf der Autobahn unterwegs war, wird es auch schon erlebt haben, man muss ständig damit rechnen, von rechts überholt zu werden, und das in hoher Geschwindigkeit. Die südländische Gelassenheit beziehungsweise Lässigkeit, die für den Stadtverkehr gilt und mich immer wieder erstaunt und fasziniert, fällt von vielen Fahrern ab, sobald die Stadt hinter ihnen liegt. Nicht gerade wenige mutieren zu Dränglern und Rasern, dabei gehört das dichte Auffahren zum Pflichtprogramm.

So kommt es leider zu Unfällen, und die können den Beobachter nicht verwundern. Es sind jedoch nicht so viele, wie es bei der Fahrweise eigentlich sein müsste, und genau das ist das eigentlich Verwunderliche. Ich denke, ich kenne den Grund. Nur wenige Autofahrer agieren ruckartig. Überholvorgänge zum Beispiel werden fließender und überschaubarer eingeleitet als bei uns in

Deutschland. Die anderen Verkehrsteilnehmer haben ein bisschen Zeit, sich auf die Fahrweise einzustellen, ob regelwidrig oder nicht, und zu bremsen, um dem anderen, so verrückt er auch sein mag, eine echte Chance zu geben. Im Recht zu sein, spielt eine untergeordnete Rolle, und Rechthaberei ist lebensgefährlich.

Das musste auch mein griechischer Wirt Spiros aus Hamburg feststellen. Aufgebracht erzählte er mir nach einem Besuch in seiner Geburtsstadt Thessaloniki, wie er beinahe mit einem durchgeknallten Landsmann in einen schweren Unfall verwickelt worden wäre, wenn er nicht trotz Vorfahrt gebremst hätte. Dieser Idiot, wie er sich ausdrückte, sei in der verkehrten Richtung aus einer Einbahnstraße rausgekommen. Von Bremsen und vielem Hinsehen hielt der Blödmann schon gar nichts, und Spiros wäre mit ihm kollidiert, wenn er nicht aus Angst um den teuren Mercedes und sein Leben reaktionsschnell in die Bremsen gestiegen wäre.

Wütend stellte Spiros den Griechen zur Rede, der um eine Erklärung nicht verlegen war: „Du hast mich doch gesehen, oder? Und warum bremst du nicht?" Mit einem Blick auf das Hamburger Nummernschild setzte er zum verbalen Tiefschlag an: „Du bist wohl schon zu lange in Deutschland!" Dieser letzte Satz seiner Rechtfertigung traf meinen Wirt am härtesten, denn er fühlte sich stets und ständig als Grieche, auch im Ausland. Immer noch beleidigt und gekränkt befand er: „Denen müsste man dringend das Autofahren beibringen, alles Dummköpfe."

Auch ich hätte Spiros ein denkwürdiges Erlebnis mit einem griechischen Autofahrer erzählen können, genauer gesagt mit einem Taxifahrer, der uns zum Lykabettos in Athen hochfahren sollte. Der Lykabettos ist ein mit schlanken, dunklen Zypressen und duftenden Kiefern bedeckter, fast dreihundert Meter hoher Hügel mitten im Zentrum Athens. Von dort oben hat man einen fantastischen Blick auf die Stadt, die Akropolis, das antike Stadion sowie auf den Hafen von Piräus. Empfehlenswert ist ein Abendessen in dem auf der Spitze befindlichen Restaurant, das zur gehobenen Preisklasse gehört. Das Essen und die Sicht auf die erleuchtete Stadt sind das Geld ohne weiteres wert. Der Lykabettos ist nicht im gleichen Maße überlaufen wie die anderen klassischen Sehenswürdigkeiten in Athen und auch von daher besonders reizvoll.

Der in der Stadtmitte angesprochene Taxifahrer wusste sofort Bescheid, und los ging die rasante Fahrt zu einem der Wahrzeichen Athens. Aber so richtig Bescheid wusste er wohl doch nicht, denn es gibt nur eine einzige befahrbare Zuwegung hinauf, und genau die fand er nicht. Leicht fluchend kurvte er mehrmals um den Berg und stand wieder vor derselben engen Straße mit einem Durchfahrtsverbotsschild. Es war die vom Lykabettos herunterkommende Einbahnstraße, die andere hochführende Strecke blieb ihm verborgen. Ungehalten erklärte er uns, irgendein Trottel hätte die Schilder vertauscht, und bevor wir uns versahen, wendete der Grieche und fegte mit Schmackes die steile und verwinkelte Einbahnstraße rückwärts hoch. Dem Motor gönnte er kein

Pardon. Er verlangte der Maschine die höchste Drehzahl ab, zu der sie fähig war. Das hatte gewisse Vorteile, so gingen immerhin die wüsten Verwünschungen des Taxifahrers in dem Kreischen des Motors und Getriebes weitgehend unter.

Oben angekommen zeigte er sich von einer ganz anderen Seite. Wie umgewandelt lachte er uns an und freute sich, seine Gäste auf so kurzem Weg wohlbehalten zur Aussichtsterrasse und dem Edellokal befördert zu haben. Wir freuten uns mit ihm. Der Fahrpreis hielt sich in angenehmen Grenzen. Fröhlich wünschte er einen guten Abend und fuhr nun denselben Fahrweg runter, diesmal in der vorgeschriebenen Weise und nicht im Rückwärtsgang.

Bestimmt können auch Sie einige Erlebnisse auf den Pisten unter südlicher Sonne beisteuern, und selbstverständlich ist auch mein Kontingent an derartigen Geschichten noch lange nicht aufgebraucht. Auf keinen Fall will ich Ihnen aber eine Episode vorenthalten, die ich von meinem spanischen Freund gehört habe, der schon seit Jahrzehnten in Deutschland lebt und seine Landsleute, aber auch die Deutschen, mit einer gewissen wohlwollenden, aber nicht unkritischen Distanz betrachtet.

Wenn die Spanier im Sommer ans Meer wollen, so erboste er sich vor kurzem, dann müsse es um jeden Preis mit dem Auto sein. Selbst wenn sie nur eine kurze Strecke zu Fuß zu gehen hätten, würden sie den Wagen benutzen. Ein Spanier gehe eben nicht zu Fuß, wozu habe er schließlich so ein Statussymbol!

„Aber es wird noch besser", ereiferte sich mein Freund. „Natürlich weiß jeder, alle direkt am Meer liegenden Parkplätze sind proppenvoll. Nirgends gibt es einen freien Platz, auch nicht an den Straßen oder Wegen, doch das stört ja keinen! Die Mitfahrer werden genötigt, irgendwo auszusteigen, das Strandgepäck wird ausgeladen, und der stolze Fahrer kreist in der Umgebung herum, um blitzartig in eine freiwerdende Parklücke zu stoßen. Nur daraus wird meist nichts, weil nicht nur er kreist. Er kreist sozusagen mit den anderen Deppen im Verbund."

Nach meinem Freund gibt es Fahrer, die fast den ganzen Tag lauernd und rotierend mit der Suche nach einem Parkplatz verbringen. Mit ihren geliebten Blechkisten pusten sie unbekümmert stinkende Abgase in die Atmosphäre. Von dem blauen Meer, den schäumenden Wellen und dem schönen Strand kriegen die nichts mit. Ihre Klimaanlagen arbeiten auf Hochtouren. Unter der glutheißen südlichen Sonne wollen es diese Fehlgeleiteten schließlich komfortabel haben.

Sichtlich in Rage geraten, kam mein spanischer Freund zum Höhepunkt seiner Anklage: „Sie zeigen keine Lernbereitschaft, ein völlig irrationales Verhalten. So dumm kann man doch nicht sein! Es gibt außerdem freie Parkplätze, nur die sind ihnen zu weit vom Wasser entfernt. Da müssten sie ja ihre Füße zum Gehen benutzen. Ich weiß jetzt schon, im nächsten Jahr werden diese Hirnlosen wieder ihre Runden auf den Parkflächen drehen, aber ich sehe mir das nicht mehr an!"

Der Chefredakteur einer großen deutschen Reisemobil-zeitschrift, mit dem ich mich unlängst über die gewöh-nungsbedürftige Fahrweise im Süden austauschte, hatte auch gleich ein paar nette Geschichten parat. Er schloss mit den Worten: „Wissen Sie, wenn ich nicht einfach los-gefahren wäre, würde ich noch heute vor einem Kreisver-kehr in Rom stehen. Da können Sie locker übernachten, von sich aus lässt Sie keiner rein." – Recht hat er, auch das kenne ich. Auf einen offensichtlich aufmerksamen und vorsichtigen Verkehrsteilnehmer wird kaum einer reagieren, kann dieser doch selbst auf sich aufpassen.

Wenn Sie mit dem Wagen in den Süden wollen, kalku-lieren Sie die „Irren" auf der Straße ein. Wertfrei könnte man es auch so ausdrücken, die mediterrane Mentalität der Autofahrer ist eine andere. Mit Rechthaberei und nahe verwandten Verhaltensattitüden kommen Sie nicht sehr weit. Aber diese sogenannten Irren haben durchaus ihre angenehmen, nahezu liebenswerten Seiten. Halten Sie einmal drauf zu, bremsen die. Aber immer darauf verlassen würde ich mich nicht. Wer weiß, mit wem Sie es zu tun haben.

Siamo in due

Es scheint mir eine elementare Tatsache zu sein, Gastfreundschaft und einfaches Leben gehen Hand in Hand. Als Student bin ich mehrmals in den Semesterferien im finnischen Lappland gewandert, dabei habe ich im hohen Norden die Gastfreundschaft der Finnen und Samen genießen dürfen. Keiner von ihnen hat mich je gefragt, wie lange ich gedenke, mich bei ihnen aufzuhalten. Statt dessen forderten sie mich zum gemeinsamen Fischfang, Fischräuchern und Saunabesuch auf, nicht zu vergessen zum obligatorischen Wodka-Trinken aus großen weißen Tassen, beinahe so, als ob ich schon lange zu ihnen gehörte. Ich war da, und es war gut so – beispiellos und überwältigend. Gastgeschenke wurden nicht erwartet, ich hatte auch keine.

Ähnliches erlebte ich in den siebziger und achtziger Jahren mit meiner Frau im Süden Europas. In armseligen Dörfern luden uns wildfremde Menschen zu sich zum Essen ein und stellten uns die ganze Familie vor. Mit wachsendem Wohlstand verliert sich diese Art, auf fremde Menschen zuzugehen. Im Griechischen bedeutet „Xenos" der Fremde, heißt aber auch gleichzeitig „Gast" oder sogar „Freund". Wer viel besitzt, betrachtet den Fremden anders. Er schließt sich ein, baut um sich Zäune, mit der Zeit immer bessere, hält Distanz und beäugt Unbekannte mit Misstrauen.

Vor nicht allzu langer Zeit fuhren wir im Spätsommer mit unserem Wohnmobil in das Pogebiet, genauer gesagt in den Naturpark „Po Delta", eine der außergewöhnlichsten und zugleich anziehendsten Landschaften Venetiens. Ich denke, fast jeder, der hierher fährt, braucht etwas länger, bis er dem besonderen Reiz des Podeltas erliegt. Mit Italien wird man typischerweise diesen Landstrich nicht verbinden. Vieles erinnert eher an die Camargue. In Italien erwartet kaum jemand ein solches Naturgebiet, und viele kennen es auch nicht.

Die enormen Kräfte des Pos mit seinen Überschwemmungen und Geröllablagerungen und die Eingriffe des Menschen über die Jahrtausende hinweg haben eine außergewöhnliche Kulturlandschaft hervorgebracht, die auch heute noch in Bewegung ist. Alte Wälder, Pinienhaine, Pappeln, Schilf und Steineichen säumen die Felder, und immer wieder schweift der Blick über riesige Wasserflächen, in denen Reiher und Flamingos auf Futtersuche stehen. Der Deltapark ist ein von der UNESCO geschütztes Reservat für eine unvorstellbare Menge von Fischen und Wasservögeln. Zum Meer hin erstrecken sich Dünen und ewig lange Strände.

Wer neben der Natur auch noch Kultur und geschichtliche Zeugnisse sucht, wird auf seine Kosten kommen. Die Völkerwanderungen haben ihre Spuren hinterlassen. Das Grabmal des Gotenkönigs Theoderich in Ravenna ist bestimmt eine Attraktion. Nicht nur, dass die Stadt historische Bauten in Hülle und Fülle aufweist, sie ist zudem ein Sammelpunkt von Kunstwerken mit unschätzbarem Wert. Zahlreiche Basiliken zeigen atemberaubende Mosaikarbeiten, oft sogar noch den originalen Mosaikschmuck des fünften bis siebten Jahrhunderts. Diese genialen Werke oder die meisterhaften Freskenmalereien in dem nahen Ferrara sind in ihrer Vollendung, Farbenpracht und Vielzahl weltweit einzigartig. Aber auch andere Städte werden Sie so schnell nicht loslassen und den Urlaub in dieser Region höchst anregend gestalten. Die wunderschönen Lagunenstädte sind in jedem Fall einen Besuch wert, wie zum Beispiel die Aalstadt Comacchio als das kleine Venedig.

Sie sehen schon, ich komme ins Schwärmen und fange an, einen Reiseführer über das Pogebiet zu schreiben. Das hätte seinen Reiz, wenn es nicht schon so viele und einige gute gäbe. Ich will Ihnen vielmehr ein Erlebnis schildern, das mit Gastfreundschaft zu tun hat oder der Art, sich Fremden zuzuwenden.

Neuerdings bemühen sich italienische Bauernhöfe mehr und mehr um Reisemobilisten. Sie bieten unterschiedlich komfortable Stellplätze mit Ver- und Entsorgung an und werben mit unverfälschter Natur und Speiseangeboten aus der regionalen Küche. In Italien gibt es dafür den Spezialbegriff „Agriturismo". Zu einem derartigen landwirtschaftlichen Betrieb waren wir unterwegs. Das Podelta ist zwar kein Armenhaus, aber auch nicht mit übermäßigem Wohlstand gesegnet.

Für die Landwirte ist Agriturismo eine wichtige zusätzliche Erwerbsquelle. Die Stellplatzbeschreibung unseres Womo-Führers entsprach der Wirklichkeit: Der

Bauernhof lag weit ab vom Schuss. Verkehrslärm oder andere die Natur störende menschliche Einflüsse waren kaum, eigentlich gar nicht auszumachen. Wer sich vom Zivilisationsstress erholen und zu sich selbst finden wollte, dem bot sich hier eine gute Möglichkeit.

Seinen Lebensunterhalt bestritt der Inhaber Antonio mit Pferdezucht, Fischerei sowie einem Pensionsbetrieb nebst Restaurant. Nicht weit vom Gutsgelände erstreckten sich ausgedehnte Wasserbecken. Für die Fischzucht hatte man mit Hilfe kleiner Bagger lange und hohe Wälle aufgeschüttet und so Wasserflächen von den Lagunen abgetrennt. Die künstlich geschaffenen Becken bezeichnen die Deltabewohner „Valli", die, wo es geht, mit Netzen überspannt werden – eine unerlässliche Schutzmaßnahme vor den vielen fressgierigen Wasservögeln.

An der Einfahrt informierte ein auffälliges, bunt bebildertes Schild über die Möglichkeit der Vogelbeobachtung unter professioneller Führung. Das Metalltor war beiseite geschoben. Ohne halten zu müssen, gelangten wir auf eine breite, mit niedrigen Bäumen gesäumte Hofzufahrt. Die einzigen Lebewesen, die uns bei unserer Ankunft begrüßten, waren ein freundlicher großer Hund und einige freilaufende Pferde. Das Gutshaus war unverschlossen, die Türen standen sperrangelweit auf, jeder konnte reinmarschieren. Das Rufen in der Eingangshalle stellte sich rasch als zwecklos heraus, es war keiner da, also suchten wir uns einen passenden Platz auf einer nahen Wiese, und genau so war es auch vorgesehen.

Kaum hatten wir Tisch und Stühle rausgestellt, trotteten die Pferde heran und zogen immer enger werdende Kreise um uns herum. Sie mochten uns offensichtlich und wir sie im Prinzip auch. Nur den Tisch sollten sie nicht abräumen.

Wir kannten diese Rasse, hatten sie hier aber nicht erwartet. Es waren die Wildpferde der Camargue, die kleinen, weißen, zähen und außerordentlich genügsamen Tiere aus dem Sumpfgebiet des Rhonedeltas. Die Römer sorgten in der Antike für ein Verbreiten dieser hochgeschätzten Pferderasse. Auf dem Hof handelte es sich sozusagen um Restbestände aus alter Zeit.

Unsere Vierbeiner wurden dann doch etwas zu neugierig und damit lästig. Auf ein einfaches deutsches „Haut ab!" reagierten sie überhaupt nicht. Verständnislos wie sie mich ansahen, erschien es angebracht, auf Italienisch nachzuhelfen. Ein „Fila via!" gefiel ihnen nicht sonderlich, aber das kannten sie, es gehörte sozusagen zu ihrer Muttersprache, und fortan hielten sie Abstand. Picknick im Grünen, mitten in der Natur, friedlich umgeben von Pferden einer uralten Rasse, so etwas Schönes hat Seltenheitswert.

Im Laufe des Vormittags erschien der Besitzer, er fuhr in einem großen, mit Erde und Schutt beladenen Lastwagen vor und stoppte nahe unserem Stellplatz. Er freute sich über die Ankunft neuer Gäste. Ein weiteres Paar hatte sich auch noch eingefunden. Antonio verkörperte augenscheinlich den Typus eines Mannes, der sich nicht so sehr um sein Äußeres schert und kräftig zupacken kann. Ich schätze, dass er so um die dreißig war. Gut gelaunt und mit viel Staub in seinem dunklen Kraushaar lehnte er sich aus dem Fahrerhaus seines Kippers heraus. Wohlwollend nickend nahm er zur Kenntnis, dass wir bei ihm essen wollten. Wir wählten Fisch aus den Valli, abends um acht Uhr sollte das Mahl in seinem Gutshaus starten.

Den ganzen lieben langen Tag war Antonio schwer beschäftigt. Saß er nicht am Lenkrad seines Trucks, den er so virtuos steuerte wie einen Kleinwagen, kümmerte er sich um die Pferde und die anderen Hoftiere. Auch in den beiden Folgetagen erlebten wir ihn als einen hart arbeitenden Landwirt, der trotzdem noch Zeit fand, uns fröhlich zuzuwinken.

Es dunkelte bereits, als wir uns aufmachten. Die große Halle des Gutshauses war beleuchtet. Antonio kam uns entgegen, er war beinahe nicht wiederzuerkennen. Seine Arbeitskleidung hatte er gegen eine dem Abend und dem Essen angemessene Kleidung getauscht. Außer ihm und uns gab es keine weiteren Personen. Wir waren seine einzigen Essengäste, und nur uns stand er zur Verfügung. Allein das ist eigentlich schon unvorstellbar. Es kam aber noch besser!

Es ist italienische Gepflogenheit, beim Betreten eines Restaurants der Empfangsperson zu bedeuten, mit wieviel Personen man erschienen ist, und dann wird man an einen passenden Tisch geleitet. Also erklärte auch ich unserem Wirt Antonio auf Italienisch, wie viele wir seien, also: „Siamo in due!" Diesen Spaß verstand er natürlich sofort, lachte herzlich und führte uns zu einem festlich gedeckten Tisch mit einer brennenden Kerze, nahe einem Kamin.

Wir nahmen Platz an einem schönen, massiven Holztisch in einem Gastraum, der problemlos vierzig bis fünfzig Personen aufnehmen konnte. Die dicken braunen Balken unter der weiß gekalkten Decke und die dezente warme Beleuchtung gaben dem weiten Raum eine angenehme, wohlige Atmosphäre. Zu den Gästezimmern im Obergeschoss führte eine breite, mit gedrechselten Säulen verzierte Holztreppe.

Antonios Englisch war noch schlechter als mein Italienisch, folglich blieb es bei seiner Sprache. Er war nicht nur Landwirt, Pferde- und Fischzüchter, Lastwagenfahrer, Vogelkundler, sondern auch noch Koch, und was für einer! Ohne Küchenhilfe zauberte er ein Viergänge-Menü auf den Tisch und erklärte uns jedesmal ganz genau, um welchen Fisch und welche Zutaten es sich handelte. Geriet die sprachliche Verständigung an ihre Grenzen, fand er andere Möglichkeiten des Erklärens. Italiener können das.

Für sein Essen hätten wir ihm gern einen Michelin-Stern verliehen. Zwischen den Gängen verstrich geraume Zeit, Antonio bereitete alles frisch in der Küche zu. In diesen Pausen hatten wir nicht nur Gelegenheit, uns auf den nächsten Gang mit neuen, zum Teil fremden Leckereien zu freuen, sondern uns auch Gedanken zu machen, was das Ganze kosten würde. Angesichts der bemerkenswerten Qualität, der Einzigartigkeit unseres Dinners bei Kerzenschein allein mit einem Wirt, der nur für uns kochte, waren wir bereit, einen hohen Preis zu zahlen.

Sein Gourmet-Menü war wirklich sensationell – auch in anderer Hinsicht. Für all die kulinarischen Genüsse inklusive eines angenehm weichen, aber doch kraftvollen Weines verlangte er insgesamt nur bescheidene fünfzig Euro! Das Trinkgeld in Höhe von zehn Prozent bewegte ihn, auf dem Absatz kehrtzumachen, und sich mit einem Glas Honig aus eigener Imkerei zu revanchieren.

Zurück im Wohnmobil ließen wir den Abend noch einmal Revue passieren. Das wussten wir genau, so etwas erlebt man nicht jeden Tag: ein romantisches Candle-Light-Dinner mit italienischen Köstlichkeiten in rustikaler Umgebung – umsorgt von einem Wirt, dem es Freude macht, Gäste zu bedienen, selbst wenn es nur zwei sind.

Schiffshebewerk

In uns Menschen steckt die Eigenschaft, anderen Hilfe anzubieten. Je näher uns derjenige steht, dem geholfen werden muss, um so größer ist seine Chance, aus einer misslichen Lage herauszukommen. Die Tugend des Helfens wird gern verklärt. Tatsächlich meldet sich ein in uns verankerter archaischer Handlungsimpuls. Man hilft, damit einem gegebenenfalls auch geholfen wird. „Helfe anderen, so wird auch dir geholfen!", lautet das bewährte Überlebensprinzip der menschlichen Spezies.

Stellen Sie sich vor, Sie liegen am Strand einer traumhaften Bucht in Griechenland, die in jeden Südseekatalog passen würde. Sie ist perfekt, fast kreisrund und besitzt einen weißen Sandstrand. Es ist dieser selten feine Sand, auf dem man barfuß so wunderbare Quietschgeräusche erzeugen kann. Man muss lediglich die Füße etwas über den Sand schieben, dann quietscht es.

Zum Meer hin schützen schroffe Felsen die Bucht. Nur durch einen Felsspalt gibt es eine schmale Verbindung. In dem kristallklarem Wasser kann man nach Herzenslust toben, schwimmen und tauchen. Wer dies alles nicht will, kann sich an den Strand legen und sich über Gottes schöne Welt freuen.

Besonders bekannt war die Bucht zu unserer Zeit nicht. Wenn man einen guten Draht zu den Einheimischen hatte, zeigten sie einem den verschlungenen Weg dorthin. Mit unserem Wohnmobil standen wir vor den Dünen, die die Bucht landeinwärts umschlossen. Neben uns hatten sich noch ein paar andere Deutsche häuslich eingerichtet, die mit ihren Fahrzeugen auch den Zugang zu diesem Eldorado gefunden hatten.

Als wir morgens über die Sanddünen zum Wasser marschierten, sahen wir schon von weitem einen jungen Griechen verzweifelt am Strand hin- und hereilen. Immer wieder verharrte er vor einem kleinen Fischerboot, von dem nur noch die Spitze des Vorderstevens aus dem Wasser ragte. Wenige Meter vor dem Strand war es untergegangen. Der arme Grieche schlug wie irre die Hände an den Kopf, um dann wieder seine Verzweifelung in Laufbewegung umzusetzen. Aus dem Schiffsmotor lief bereits Diesel aus, der sich an der Wasseroberfläche schillernd abzeichnete.

Hier war dringend Hilfe angesagt. Ich ging auf den Griechen zu und fragte ihn, ob ihm das Boot gehöre. Verstört hielt er seine Hände vors Gesicht und murmelte etwas für mich Unverständliches. Dem Mann war das Ganze offensichtlich über den Kopf gewachsen. Er allein war auch nicht in der Lage, sein Boot wieder flott zu bekommen. Da mussten mehrere ran. Ich flitzte zum Wohnmobil, griff mir zwei Eimer und animierte die am Strand liegenden Griechen, dem jungen Fischer zu helfen. Sie waren sofort und bereitwillig zur Stelle.

Wir schoben und zogen das Boot so weit wie nur irgend möglich an Land. Mit vereinten Kräften bekamen wir die Bordkante des vollgelaufenen Kahnes aus dem seichten Wasser heraus. Freudestrahlend und hoch zufrieden schauten wir uns an. Keiner kannte den anderen, aber das gemeinsame Werk verband und die Aussicht auf den Erfolg. Dem jungen Griechen konnte geholfen werden.

Merkwürdig war nur, dass er sich so gut wie gar nicht an der Rettungsaktion beteiligte. Anfangs packte er ein bisschen an, um dann wieder seinen Verzweiflungsgang am Ufer fortzusetzen. So recht zu gebrauchen war er nicht. Der Arme schien noch unter schwerem Schock zu stehen.

Jetzt stand das Entleeren des Bootes an. Einen meiner Eimer gab ich einem griechischen Jungen, der sich in das mit Wasser gefüllte Fischerboot hineinschwang und wie wild zu schöpfen anfing. Ich unterstützte ihn mit meinem Eimer von außen. Die anderen Griechen wollten auf keinen Fall zurückstehen, sie sausten los und nahmen ihren spielenden Kindern die kleinen Plastikeimer weg. Das fanden die nun überhaupt nicht witzig. Schreiend und weinend kamen sie hinter ihren Vätern hergerannt. Die Botschaft war klar, sie wollten ihr Spielzeug zurück und selber schöpfen. Keiner ist gegen hochtöniges Kindergebrüll immun, es zeigte sehr schnell seine Wirkung: Die Väter setzten die größeren Kinder ins Boot, die kleinen mussten zunächst zuschauen. Ihnen wurde versprochen, später auch ins Boot zu dürfen und von dort das Wasser auszugießen. Das nützte.

Es dauerte eine Weile, aber dann sank für jeden sichtbar der Wasserspiegel in dem Boot, langsam bekam es

Auftrieb. Begeistert hievten wir es immer weiter an Land. Genau gezählt habe ich die Beteiligten an der von mir initiierten Schiffshebeaktion nicht. Ich denke, es waren mindestens zehn Personen. Wir hatten einen Riesenspaß, zumal unsere Arbeit Ergebnisse zeigte. Das Boot war innen bald so gut wie trocken, leck geschlagen war es nicht.

Wie es untergehen konnte, blieb ein Rätsel. Gemeinschaftlich wollten wir es nun dem noch zuvor am Strand herumirrenden Griechen übergeben, der jedoch nicht mehr zu sehen war. Er hatte sich ohne eine Danksagung an uns verdrückt. Ziemlich merkwürdig. In mir kam der leise Verdacht auf, der junge Mann sei gar nicht der von mir vermutete Besitzer. Unter Umständen „tickte" er nicht so ganz richtig. Vielleicht hatte er es nicht verkraftet, ein untergegangenes Boot in seiner Bucht zu sehen. Das hatte ihn wohl aus der Bahn geworfen. Anders konnte ich mir sein wirres Verhalten nicht erklären.

Aber im Grunde genommen war es egal. Jeder von uns sah mit Stolz und großer innerer Befriedigung auf das geborgene, am Strand liegende Boot. Teilgenommen hatten wir gerade an einem erhebenden Gemeinschaftserlebnis. Wildfremde Menschen hatten sich für eine gemeinsame Aufgabe gefunden, um zu helfen.

Spät nachmittags lief ein Fischkutter in die Bucht ein. Drei Männer hielten angestrengt Ausschau nach einem untergegangenen Kahn, den sie vergeblich im Wasser aufzuspüren suchten. Es dauerte eine geraume Weile, bis sie ihn ganz friedlich, hochgezogen und auf dem Trockenen liegend entdeckten. Die haben nicht schlecht gestaunt! Entgeistert und fassungslos unterhielten sie sich über das Wunder. Voll stiller Freude genoss ich das Schauspiel, das sie uns boten. Relativ schnell erholten sie sich aber, banden ein Tau an das Boot, zogen es ins Wasser und verschwanden mit ihm im Schlepp aus der Bucht.

Helfen verbindet und macht Spaß, auch wenn man wie in diesem Fall nicht weiß, wem man geholfen hat. Aber, irgendwie fühlt man sich gut.

Der betrogene Betrüger

Wer südliche Länder einigermaßen kennt, schüttelt den Kopf über die zeitweise einsetzende Empörung in den Spitzen der EU-Kommission. Regelmäßig benennt die Kommission bestimmte Länder, die im großen Stil Subventionsbetrug begehen. Zu ihnen gehört auch Griechenland. Eigentlich müssten es die EU-Beamten besser wissen, die Empörung ist verwunderlich.

Nun hat die Schulden- und Finanzkrise Griechenlands wohl dazu geführt, dass der Staat seinen Bürgern etwas genauer auf die Finger schaut und auch Anstrengungen unternimmt, den maroden Staatshaushalt zu sanieren. Dass das lange andauert, bezweifle ich. Sobald sich die Lage verbessert und Ruhe einkehrt, wird der alte Schlendrian von neuem beginnen. Darauf wette ich.

Es ist eine Binsenweisheit, am besten lernt man ein Land über den direkten Kontakt mit den Einheimischen kennen. Entwickelt sich dieser Kontakt zu einer dauerhaften, freundschaftlichen Beziehung, erfährt man sehr viel über Land und Leute.

Als wir unserem Freund Jorgos vor Jahren schilderten, wie sich die Polizisten in der Wache direkt am Hafen von Igumenitsa verhielten, wohl nicht nur Kaffee tranken, mit Brettspielen beschäftigt waren und auch gar nicht zum Einsatz rausfahren konnten, war er in keiner Weise verwundert. Er kannte das und hielt es für völlig normal:

„Natürlich ist die Polizeiwache zugeparkt und die Jungs können zum Einsatz nicht raus. Das haben die auch gar nicht vor. Aber wisst ihr, plötzlich machen sie es doch, weil sie von oben Druck bekommen haben, und jetzt werden sie unberechenbar. Dann leiden nicht nur Touristen unter ihnen, sondern auch wir." Wutentbrannt zählte er uns die Vorschriften auf, an die er sich als Gastwirt zu halten hätte. Es war eine Unmenge, und sicher war er sich, dass er nicht alle kannte. „Verstößt du gegen sie, zahlst du. Meist wird man in Ruhe gelassen, aber wie gesagt – nicht immer."

Für jeden Tisch und Stuhl, den er nach draußen stellte, musste er eine bestimmte Gebühr entrichten, auch die Fläche war genau definiert. „Wenn du sie nur geringfügig überschreitest, wenn du ein paar Stühle zu viel hast, kannst du Geld hinlegen, und nicht zu wenig. Selbstverständlich versuchen wir die Strafe bei einem Ouzo runterzuhandeln. Manchmal geht's, manchmal geht's auch daneben. Dann darfst du sogar noch mehr zahlen. Aber wir holen es uns wieder. Der Staat nimmt sowieso nur, also helfen wir uns selbst. Habt ihr schon mal eine Quittung bekommen? Dann könnt ihr euch ja wohl vorstellen, wo das Geld bleibt."

Jorgos wusste, die EU hatte in letzter Zeit den Griechen viel Geld gegeben. Tolle Straßen sind gebaut worden, aber genützt hatte es seiner Ansicht nach wenig. Bestimmte Leute hätten sich die Taschen prall gefüllt. Beim kleinen Mann sei so gut wie nichts angekommen, viele seien noch schlechter dran als früher. Das versprochene Wunder mit den Touristenströmen auf den neuen Straßen sei ausgeblieben, auf dem Festland in jedem Fall. – In dieser Hinsicht hatte Jorgos Recht, in den letzten Jahren ging der Tourismus auffallend zurück, ganz besonders in Nordgriechenland und auf der Peleponnes.

Unser Freund stellte eine große Flasche Retsina auf den Tisch, schenkte ein und fing mit etwas Schadenfreude in der Stimme an, eine längere Geschichte über Subventionsbetrug zu erzählen: „Ihr könnt es glauben oder nicht. Ein guter Bekannter ist Landwirt, eigentlich Pferdezüchter, manchmal zieht er übers Land und spielt mit seinen Kumpels Rebetika-Lieder. Das sind alte griechische Lieder, häufig über Räuber. Viele von ihnen werden als Helden verehrt. Einen hübschen Nebenverdienst hat er da, alles bar auf die Hand. Er ist ein guter Kerl, ein richtiger Grieche. Wie ein Gott spielt er auf seiner Bouzouki, und keiner singt so schön wie er.

Auf seinem Land hält er eine seltene, halbwilde Pferderasse, deren Zucht subventioniert die EU. Daneben bewirtschaftet er Ackerflächen, auch hierfür bekommt er EU-Gelder. So, und nun könnt ihr mal denken: Je größer seine Äcker sind, um so mehr Subventionen gibt es. Hat er mehr Land unter dem Pflug, müsste er auch mehr arbeiten, das will er aber nicht. Also besitzt er, klug wie er so ist, auf dem Papier viel bewirtschaftetes Land, und von der Subvention lebt es sich gar nicht schlecht. Auch die anderen Bauern haben diesen Dreh herausgefunden.

Wenn die in Brüssel im Herbst – im Sommer ist es denen hier viel zu heiß – vielleicht auf die Idee kommen, die gemeldeten Zahlen über Felder und Pferde zu überprüfen, werden die Landwirte unverzüglich vorgewarnt. Das hat immer gut geklappt. Im Nu werden Traktoren angeworfen, Tag und Nacht hört man sie in der Umgebung rattern. Die Zeit reicht aus, ausgedörrtes Brachland umzupflügen und als bereits abgeerntete Getreidefelder zu präsentieren."

Jorgos genehmigte sich einen kräftigen Schluck aus seinem Weinglas und fuhr fort: „Wie die Teufel haben die geschuftet! Die EU-Prüfer hatten nichts zu beanstanden und hakten sämtliche Zahlen ab, mit einer einzigen Ausnahme. Ausgerechnet meinen Bekannten traf es, die schöne Subvention wurde gekürzt. Die Züchter sind verpflichtet, Inzest in ihren Herden zu verhindern, darum müssen sie wegen der Blutauffrischung neue Hengste in die Herde einbringen und die alten Deckhengste verkaufen oder kastrieren lassen. Das wusste mein Bekannter natürlich ganz genau. Schnell hat er sich noch ein paar Hengste ausgeliehen, die in Wirklichkeit aber Wallache waren, und das ist aufgefallen. Im Grunde genommen erstaunlich, weil die aus Brüssel losgeschickten Herren keine blasse Ahnung von der Landwirtschaft haben, und von Pferden verstehen sie erst recht nichts.

Was meint ihr, wie er die EU-Beamten beschimpft hat. Regelrecht ausgerastet ist er. Ein richtiger Grieche regt sich nicht so schnell ab. Fortan nervte er jeden mit seinem Gepöbel über die EU und dass man ihn als anständigen

Bauersmann und Züchter übers Ohr gehauen habe. Alle würden die volle Subvention bekommen, nur er nicht, eine zum Himmel schreiende Ungerechtigkeit sei dies!

Selbst seiner lieben Frau wurde das Gezeter bald zu viel. Sie drängte ihn, mit seinen Kumpanen und der Bouzouki auf Wanderschaft zu gehen. Froh war sie, als sie den Wüterich los war, und tatsächlich hat er sich beim Gesang der alten Rebetika-Lieder über die heldenhaften Räuber wieder eingekriegt. – Ja, so läuft das hier in Griechenland. Bei euch nicht?"

Das war nicht vorgesehen

Wenn meinem Vater etwas passierte, womit er nicht im Entferntesten gerechnet hatte, dann fasste er seine Enttäuschung in dem einen Satz zusammen: „Das war nicht vorgesehen!" So hätte er vermutlich auch das Erlebnis mit einer Wattwanderung unter Führung von Ole Olsen kommentiert.

Ist man im Sommer an der Nordsee, stößt man auf die vielen Angebote einer unvergesslichen Wattwanderung. Besonders interessant fanden wir eine Schifffahrt von einem kleinen Fährhafen zu einer Hallig. Von dort sollte es unter kundiger Führung zu Fuß zurück zum Festland gehen. Wir rochen förmlich das Abenteuer. Das war mal was ganz Neues. Sollte das Wetter schlecht werden, würde die Wanderung allerdings nicht stattfinden. Unter einer angegebenen Telefonnummer konnte man dies rechtzeitig herausfinden.

Am Morgen des Ausflugs sah das Wetter vielversprechend aus, bei leichter Bewölkung schien die Sonne. Dummerweise sprach der Wetterbericht von einer bald einsetzenden Eintrübung mit kräftigen Schauern und deutlicher Abkühlung. Die Auskunft unter der bewussten Telefonnummer beschied uns dagegen eindeutig: Der Seewetterbericht erlaube die Exkursion. Also, hinein in das Vergnügen!

Am Hafen versammelten sich so viele hochmotivierte Wanderer, dass die Reederei mit zwei Schiffen zur Hallig fahren und der Wattführer eilig eine Assistentin organisieren musste, um die Gruppe verantwortlich führen zu können. Unser Wattführer Ole Olsen war schon von weitem zu erkennen, ein etwas älterer, durchtrainierter Mann. Richtig kernig sah er aus mit Rucksack, Klappspaten am Gürtel, der olivgrünen kurzen Hose und einem Hemd mit aufgesetzten Brusttaschen, in denen sich wichtige Ausrüstungsgegenstände abzeichneten. Auf diesen muskulösen, braun gebrannten Mann mit dem selbstsicheren Blick war Verlass, gar keine Frage. Dem hätte ich mich auch ohne viel nachzudenken im australischen Outback anvertraut.

Er musterte unsere Gruppe und war seinem Gesichtsausdruck nach mit dem Ergebnis zufrieden. Im Wesentlichen waren wir Frauen und Männer mittleren Alters. Die etwas Älteren würden wohl auch keine Konditionsprobleme bekommen. So oder so ähnlich wird er gedacht haben.

Ole Olsen erklärte uns auf der Hallig die Besonderheiten des Wattenmeeres, aber auch die Gefahren. Er schwärmte von der einzigartigen Natur und hob die besonderen Leistungen der Halligbewohner heraus, die nicht zimperlich oder wehleidig sein dürften, um hier zu leben. Mitten in seine Ausführungen platzte ein Regenschauer hinein. Kernig, wie er so war, schien ihm das nichts auszumachen. Offensichtlich stammte er in direkter Linie von den gepriesenen Halligbewohnern ab. Entsprechend unwillig folgte er der zaghaft vorgetragenen Anregung, in der nahen Kirche Schutz zu suchen, um dort seinen Vortrag fortzusetzen.

Der Schauer zog schnell vorüber, die Sonne lugte wieder hervor. Los marschierten wir mit Ole Olsen, bewunderten die in ihrer Art einmalige Fauna und Flora, besonders den niedrig wachsenden, rosa bis lila blühenden Halligflieder und standen bald auf den Salzwiesen am Rande des Wattenmeeres. Zwischen uns und dem Festland erstreckte sich eine riesige Wasserfläche. In weiter Entfernung zeichnete sich die Küstenlinie ab. Ole Olsen beschied die fragenden Blicke: „Das wird noch, heute haben wir auflandigen Wind. Nachher geht das so schnell, als ob irgendwo jemand einen Stöpsel gezogen hätte, und dann kommen wir gut voran."

Die Zeit bis zum Stöpselziehen überbrückte er mit weiteren, fachkundigen Schilderungen. Wir seien genau an der richtigen Stelle. "Hier erleben Sie das unverfälschte Watt, voller Schlick. Schlick ist nicht irgendein Dreck, sondern eine sandig-tonig-kalkhaltige Anschwemmung des Meeres, eine sehr fruchtbare Lebensgrundlage für unzählige Kleinlebewesen, von denen sich wiederum höherstehende Organismen ernähren. Wenden Sie sich also bitte diesem Lebensraum mit Verständnis und Respekt zu und achten Sie den Schlick. Sobald das Wattenmeer trocken gefallen ist, werden Sie eine einzigartige, amphibische Naturlandschaft betreten, Sie sind in einem Nationalpark. Halten Sie sich vor Augen, dass wir Menschen gleich über den Meeresboden schreiten. Für die Touris aus den Großstädten ist das Sandwatt bei Dunen nahe Cuxhaven die Attraktion. Es hat aber nicht diese reichhaltige Natur, diese Fülle an Leben. Vor Ihnen liegt das wahre, richtige Watt, unvergleichlich und ohne Pferdewagen. Solchen Rummel haben wir nicht."

Genau so etwas hatten wir gewollt, höchste Erwartungen schienen sich zu erfüllen. Ole Olsen ging voran in das Wasser. Schwarzer, glitschiger Schlick blieb an unseren Füßen hängen. Ole gab uns wertvolle Tipps, wie man am besten mit diesem Schlick umgehe, vor allem hieß es gelassen bleiben. Der dunkle Schlick besitze auch für uns Menschen seine Vorzüge, hörten wir, das Wasser sei durch ihn schön warm – wie in der Badewanne, an kalten Tagen ein besonderes Geschenk der Natur.

Etwas mitleidig blickte Ole auf die Wanderer mit locker geschnürten Leinenschuhen. Diese seien fehl am Platz, unter Garantie blieben sie im Schlick stecken. Über die verborgenen, manchmal scharfkantigen Muscheln brauche man sich hingegen keine Gedanken zu machen, wenn man die Füße nur immer etwas schiebend aufsetze. Auch das leuchtete ein und animierte zum Nachmachen.

Die Ebbe trat so plötzlich ein, dass wir sie beinahe nicht mitbekommen hätten. Aber mit der Ebbe verschwand nicht nur das Wasser, sondern auch die Sonne. Dunkle Wolkenbänke zogen auf. Viele sahen besorgt zum Himmel, er versprach nichts Gutes. Die Regenjacken wurden herausgeholt. Die Temperatur fiel, und dann begann es zu regnen, zunächst mit Pausen, aber bald ununterbrochen und heftig, wie es der Wetterbericht vorhergesagt hatte. Oles Vorträge wurden kurz und kürzer. Das Interesse ließ deutlich nach. Jeder hatte mit seinem Regenzeug zu tun, insbesondere damit, sich irgendwie warm und trocken zu halten. Ein paar ältere Frauen versuchten es mit einem Schirm. Wenig beruhigte seine Aussage, wir hätten noch Glück, erst bei einem Gewitter würde es im Watt richtig ungemütlich.

Diejenigen, die mit Fußbekleidung gestartet waren, verloren sie in den meisten Fällen. Saugend und schmatzend zog das Watt sie ihnen aus. Schuhe in der schwarzen Brühe zu suchen, war zwecklos. Genau das war der Grund, hatte man zunächst nur den Verlust eines einzigen Schuhs zu beklagen, den übrig gebliebenen zweiten als wenig nutzbringend abzuschreiben und ihn wütend in den Schlick zu feuern.

Die Stimmung schlug in tiefe Depression um. Den Schlick zu lieben und zu achten, fiel keinem mehr ein. Auch als Wärmespender versagte die hochgelobte sandig-tonige Anschwemmung. Fast jeder Schritt glich einer neuen und anspruchsvollen Gleichgewichtsübung. Viele hielten sich an den Händen. Die ersten waren bereits der Länge nach in den Modder gefallen. Nicht wenige sehnten sich nach dem schönen, von Ole Olsen so geschmähten Sandwatt, und einige träumten sogar von der abwegigen Idee, mit einer Kutsche dem ganzen Desaster davonzufahren und alles hinter sich zu lassen.

Unser Führer versammelte noch einmal die Großgruppe. Mit dem GPS-Gerät in der Hand erklärte er uns, auf welchen Zielpunkt am Festland wir zuhalten würden: „Ab sofort bewegen wir uns so zügig wie möglich auf die Küste zu. Einen Weg geradeaus zum Deich können wir nicht einschlagen, dort gibt es eine große, unüberbrückbare Wasserfläche. Wer dahin läuft, begibt sich in Lebensgefahr. Aus diesem Grunde gehe ich vorweg. Wegen der besonderen Umstände nehme ich eine Abkürzung. Hinten passt meine Begleiterin auf."

Gut, nun sollte es mit Volldampf ans Land gehen, genau die richtige Entscheidung! Keiner sagte mehr etwas, die erwartungsfrohe Stimmung war wie weggeblasen. Jeder hatte nur noch ein Ziel vor Augen, heil und gesund ans Festland zu kommen und dabei nicht hinzufallen. Die Mienen zeigten es deutlich: Keiner hatte es sich so vorgestellt, auf Survival war niemand scharf.

Als wir die große Wasserfläche umrundet hatten, gab uns Ole Olsen den Weg zum Festland frei. Ab sofort konnte man so schnell gehen, wie man wollte oder besser gesagt, wie man konnte. Haben Sie schon einmal eine Menschenmenge gesehen, in der jeder sich selbst nur noch der Nächste ist? In dem Watt habe ich es erlebt. Viele mobilisierten ihre letzten Reserven, mit Macht pflügten sie verbiestert durchs Watt. Ich hatte den Eindruck, jetzt diktierte nur noch das Kleinhirn das weitere Handeln.

Die größte Überraschung für mich war meine Frau. Voller Freude und lachend, da war sie nun wirklich die Einzige, stapfte sie durch den Schlick. Dass Wasser von oben und der Matsch von unten störten sie nicht. Heiter gestimmt hielt sie meine Hand und meinte nur: „Dass ich so etwas noch mal erlebe. Der Ole hat Recht, das ist einzigartig!"

Mit ihrer für mich unfassbar guten Laune hob sie meine bis dahin miese Stimmung deutlich. Auch deswegen bezwangen wir unbeschadet die Lahnungen. Diese aneinandergereihten, mit Buschwerk verflochtenen Holzpfähle sammeln vor dem Festland den Schlick und sollen das Vorland schützen. Aber genau deshalb forderten sie uns richtig heraus, denn die Pfähle kamen ihrer Funktion des Sammelns sehr gewissenhaft nach. Auf unserer Schlitterpartie zum Festland mussten wir sie überwinden. Knietief und tiefer versanken wir im abgelagerten Schlick. Mühselig zogen wir uns über die Pfähle hinweg. Keiner aus unserer Wandergruppe sah mehr so aus wie zu Beginn der Wanderung. Eine Horde von Schwarzfüßlern, manchmal bis zum Bauch geschwärzt und durchnässt, flüchtete in langer Linie dem Festland entgegen.

Ein gemeinsames Verabschieden von Ole Olsen entfiel. Bis zum Parkplatz an dem Fährhafen musste mindestens noch ein Kilometer am Deich entlang gelaufen werden, aber endlich wieder mit festem Boden unter den Fußsohlen! An den Wasserhähnen vor dem Hafen hasteten die meisten achtlos vorbei. Schmutzig und abgekämpft wie sie waren, ließen sie sich in ihre Autos fallen und verschwanden auf Nimmerwiedersehen.

Bestimmt würden sie aus vollem Herzen in den Spruch meines Vaters einstimmen: „Das war nicht vorgesehen!" Nur meine Frau war bestens aufgelegt und erinnert sich auch heute noch gern an die unvergleichliche Wattwanderung mit Ole Olsen.

Über den Autor

Der Autor Günter Bosien wurde 1945 in Flensburg geboren. Nach einer Lehre zum Industriekaufmann und einer Angestelltentätigkeit absolvierte er zwei Studiengänge zum Betriebswirt und Diplom-Handelslehrer. Es folgten über dreißig Jahre Unterrichtserfahrung an einem Hamburger Wirtschaftsgymnasium. Neben dieser meist in Teilzeit ausgeübten Tätigkeit beriet Günter Bosien Unternehmen bei der Vermarktung innovativer Produkte. In jüngster Zeit ist er kommunalpolitisch aktiv und ehrenamtlich engagiert.

Das vorliegende Buch ist die dritte Veröffentlichung. 1994 erschien der schnell vergriffene Ratgeber „Bürger wehren sich erfolgreich, Erfahrungen und Tips". 2009 kam unter dem Titel „Grenzen überschreiten – Menschen begegnen" Bosiens erstes Buch mit Reiseerzählungen auf den Markt.

Näheres über den Autor findet sich auf der Website:

www.geschichten-harfe.de